青春豬頭少年不會夢到嬌憐外出妹

鴨志田一
插畫✿溝口ケージ

Kadokawa Fantastic Novels

第一章　那一天的後續……………… 11
第二章　緩步前進……………………… 83
第三章　開啟那扇門…………………… 157
第四章　是否會作夢…………………… 235

淚水幾乎流盡，
在許多人的扶持下，
好不容易回到了「理所當然的日常」。
接下來，眾人各自
選擇未來的第三學期要開始了——

能和麻衣小姐共度的高中生活
也所剩不多的這時候，
終於迎來一段短暫的幸福時光。

的決心，
來踏出一步。
辛川花楓
歡，麻衣小姐送她的大衣到保健室上學。

梓川咲太
活在這個時代卻沒有手機，有點古怪的高中二年級學生。某個傳聞使他在學校受到排擠。

櫻島麻衣
峰原高中三年級學生。生
活超忙碌的當紅女演
員，咲太的女友。

妹妹花楓懷抱著莫大
朝未
長年以來足不出戶，咲太的妹妹。
如今漸漸敢踏出家門，穿上她非常喜

青春豬頭少年不會夢到嬌憐外出妹

鴨志田一
插畫：溝口ケージ

Kadokawa Fantastic Novels

如今回想起來，這一切應該早就開始了。

在那個時候……

一切都是因為察覺而化為現實，因為察覺而像泡沫般消逝。

還沒察覺之前，則是位於不知道是否存在的箱子裡。

因為看不見箱內，必須打開看過才知道。

世上重要的事物大致都是以這種感覺形成的。

就像是……薛丁格的貓。

第一章

那一天的後續

1

這天，梓川咲太作了一個夢。

站在七里濱海岸，孤零零地看海的夢。

說來神奇，不只聞不到潮水的味道，也聽不到風聲或海浪聲。

映入眼簾的世界顏色也怪怪的。沒有大海的深沉藍色，也沒有天空的清澈藍色。萬物全部褪色，看起來是淡淡的白。

正因如此，能在夢中立刻察覺「這應該是一場夢」。

不管往右看，往左看，沙灘上都沒有人影。正前方的海面也看不見風浪板的風帆。

空無一人的大海，只屬於我一個人。

如此心想的瞬間，踩踏沙灘的輕盈腳步聲從咲太身旁經過。紅色的圍巾隨風飄揚……

是揹著書包的小女孩。

她走到海岸線，在即將被海浪拍溼的位置停下腳步。

滑順及肩的美麗黑髮。背上的書包還很新，看不見損傷或髒汙。

大概是六七歲的小女孩。

咲太不認識的孩子。

不過，隱約窺見的側臉，咲太似曾相識。

大概是在哪裡見過吧。

並不是直接相識。因為咲太沒有六七歲的小女孩這樣的熟人。

不過，也覺得早就認識她。

吹起一陣風，將女孩的頭髮大幅吹亂的瞬間，咲太的嘴巴張成「啊」的形狀愣住。

確實見過。雖然當年沒有見面交談，但她在電視上以童星身分活躍的身影隱約留在咲太的記憶中。

「麻衣小姐……？」

所以咲太自然地叫出這個名字。

女孩對咲太的聲音起反應，轉過身來。眼神有點警戒，英氣煥發的雙眼筆直觀察咲太。她的眼睛有著如今滿十八歲的「櫻島麻衣」的影子。

「叔叔，你是誰？」

開口的第一句話具備小學生的純真。

看來在小學生眼中，高中生已經完全是大叔了。

「我也變得很成熟了啊……」

「媽媽交代過，不可以和陌生叔叔說話。對不起。」

小女孩很有禮貌地鞠躬，然後撇頭看向另一邊。

「那妳的媽媽呢？」

就咲太看來，周圍只有他與這個小女孩。

「……」

小女孩好像有聽到卻沒有回應。她假裝沒聽到。

「妳是一個人來的嗎？」

「……」

小女孩這次也依照母親的叮嚀，什麼都沒回應。她上一秒才在看江之島所在的西邊，隨即露出有點為難的表情，確認鎌倉與葉山所在的東邊。

咲太也一起往右看，接著往左看。沙灘上果然沒有其他人，只有咲太與揹書包的小女孩。

「難道說，妳迷路了？」

「！」

看來說中了。

「沒有啦！」

小女孩一臉鬧彆扭的樣子瞪過來。這張不高興的表情完全就是現在的麻衣。咲太莫名覺得有趣，嘴角上揚。

「這裡……是哪裡？」

小女孩像是要牽制咲太，板著臉這麼問。

「不是說不可以和陌生叔叔說話嗎？」

「……算了。」

小女孩的表情愈來愈不高興，轉身背對咲太，就這麼朝江之島的方向踏出腳步。

「這裡是七里濱喔。」

朝著逐漸遠離的背影這麼一喊，小女孩頓時停下腳步。

咲太等她轉身。

「實際上不到一里的七里濱。」

然後補充這一句。

「……」

不過，小女孩的嘴巴依然拉起拉鍊。她不發一語，筆直注視咲太。

「我是那邊那間……峰原高中的學生，名字是梓川咲太。」

咲太指著從海邊看得見的校舍，進行慢了好幾拍的自我介紹。

「這麼一來，我就不是陌生叔叔了吧？」
這句話令小女孩愣了一下，吃驚地睜大雙眼……不過，立刻轉為笑容。
後來，小女孩似乎張嘴說了幾句話。
不過，咲太沒能聽清楚。
「喂，梓川！」
因為另一道聲音介入，使得咲太從夢中醒來……

「喂，梓川！給我起來！」
抬頭一看，男英文老師一臉生氣又傷腦筋的表情俯視咲太。
「早安。」
姑且打了最適合起床時的招呼。
「唉……」
收到的回應是長長的嘆息。
「算了。這一段，上里妳來唸。」
英文老師離開靠窗的咲太的座位，回到黑板前面。
「啊？為什麼是我？」

鄰座被指名代替的上里沙希發出有點歇斯底里的聲音。

「要抱怨去找梓川。」

聽到老師這句話，沙希從旁邊狠狠瞪過來。咲太假裝沒看見，視線投向窗外。

直到剛才都在夢中看見的七里濱大海延伸到遠方。時間是下午三點多。在西斜陽光的照耀下，群青色大海閃閃發亮。天空是清澈透明的藍白色，正中央拉出的水平線散發朦朧的光芒，看起來有股神祕的氣息。

不同於夢境的鮮豔世界。

在窗外擴展開來的清新景色。

最適合放空心思眺望的美景。

一月中這個時期空氣清澈，連好遠的地方都看得很清楚。

咲太將大海的藍與天空的藍盡收眼底，回憶剛才那場夢。由於在不上不下的地方被叫醒，很在意夢的後續。

疑似年幼麻衣的小女孩在最後說了什麼？

咲太原本想再睡一次確認，但是在趴到桌上之前，他的視線和英文老師對上，只好放棄睡回籠覺。

「哎，反正是夢，不管了。」

咲太單手托腮，看向窗外呢喃。上里沙希流利地朗讀英文的聲音感覺不悅程度更勝以往。

只不過，沙希在咲太面前不高興是家常便飯，所以咲太決定不要在意。

不久，宣告第六堂課結束的鐘聲響起。

「起立，敬禮。」

值日生一聲令下，「再見～～」或「辛苦了～～」這種代表一天結束的問候在二年一班的教室裡此起彼落。

同學們衝出教室去社團報到，也有學生不耐煩似的做輪值打掃工作。

沒理由留在學校的咲太決定在上里沙希過來找碴之前趕快離開教室。心情不美麗的女生還是別靠近為妙。

「梓川。」

來到走廊的時候被叫住。是擔任班導的男老師，四十五歲左右。

「什麼事？」

「還問我什麼事，未來方向調查表啦。好歹在下週一交給我吧。」

「啊～～」

「啊什麼啊，你這傢伙……」

班導露出苦笑，拿學生名冊的資料夾要輕戳咲太腦袋。但他在即將打中的時候打消念頭收手。在這個時代，老師要是惹出體罰爭議就麻煩了。

「我沒忘記就會交。」

「我就是在叫你別忘記。」

「知道了。」

咲太只應聲允諾，就朝階梯踏出腳步。後方傳來「拜託嘍」這句話，但咲太不回應。要是不早點回去，可能會被上里沙希逮到，到時候可就一個頭兩個大了。

從教室所在的二樓走到一樓。

途中，咲太思考自己的未來。

說是這麼說，但也不是什麼好煩惱的事。咲太早就決定要升學上大學，志願學校也已經鎖定某兩所。

大致來說可能有兩個問題。第一是咲太自己的學力，這只能靠他用功念書解決。

第二是學費，咲太還沒告訴父母升學的意願。

如果在同一個屋簷下生活，或許會在某些時候有機會說，父母也有機會問吧。不過，以妹妹遭受霸凌的問題為開端，母親失去照顧孩子的自信，罹患精神疾病，如今親子分居兩地。

父親一邊照顧母親，一邊籌措咲太與妹妹花楓的生活費。這樣的生活也快兩年了。

咲太個人不希望加重父親的經濟負擔。雖然比私立便宜，但無論是國立還是市立大學的學費，都不是能輕易備妥的金額。

無論如何，父親應該也在意咲太的未來，所以得好好談一次才行。不過時間搭不上，還沒好好談過。這就是未來方向調查表依然維持空白放在書包裡的原因。

「哎，不過在這之前，得好好用功才行。」

如果沒考上就不需要什麼學費。先累積相應的實力再說。

而且未來方向調查表這種東西下週再交就好。說起來，無論面臨什麼問題，咲太都沒有放棄升學的這個選項。

想讀同一所大學。

因為這是全世界最可愛的女友對他許下的心願。

並不是拜託治好不治之症，只是上同一所大學而已。只要咲太努力，就能解決一大半的問題。學力當然不在話下，即使是學費，應該也能靠打工貼補一些，還有獎學金這個手段。

既然是能自己解決的事，咲太反倒張開雙手歡迎。比起咲太再怎麼掙扎也無能為力的事，考上大學簡單多了。

咲太思考著這些，走到校舍門口。

「咲太。」

此時，一道悅耳的聲音叫住他。

背靠著咲太所屬的二年一班的鞋櫃等待的人，是全世界最可愛的咲太女友——櫻島麻衣。

烏溜溜的秀髮；英氣煥發的眼眸；彷彿吹彈可破的雪白肌膚。身高一六五公分，在女生當中已經算高了，修長的體型更凸顯麻衣的存在感。即使是有凹陷又有髒汙的老舊鞋櫃前方，只要麻衣站在那裡，看起來就像是電影場景般的特別空間。

麻衣是美如畫的存在，所以也自然吸引周圍的視線。這就是她從童星時代就在演藝圈活躍至今的原因吧。雖然一段時間停止活動，不過復出之後，連續劇、電影、廣告、時尚雜誌模特兒等邀約不斷，忙碌得甚至沒空和咲太約會。

咲太走到麻衣身旁，一邊脫室內鞋一邊開口：

「麻衣小姐，妳在等我啊。」

「『好想每天一起回家喔～～』某人不是這麼說過嗎？」

咲太打開鞋櫃拿出鞋子，把脫下來的室內鞋塞進去。

「我說過這種話嗎？」

「說過。」

「但我說的是『麻衣小姐快畢業了，所以在沒工作的日子，好想每天一起放學約會喔』這樣才對。」

咲太特別強調「約會」這個字眼，看向麻衣。不過，麻衣沒有做出在意的反應，關上咲太依然開著的鞋櫃。

「好了，回去吧。」

咲太還沒穿好鞋子，麻衣就踏出腳步。咲太也連忙追上。兩人在走出校舍門口時並肩前進。朝向校門走著走著，夕陽耀眼得令咲太打呵欠。

「呼啊～～」

「怎麼了，和我一起回家這麼無聊？」

麻衣斜眼瞥向咲太。表情笑咪咪的，眼神卻沒在笑。讓我等還打呵欠是怎樣？她看起來像在這麼逼問。

「我作了一個怪夢，所以醒來時很不舒服。」

「為什麼會在第六堂課剛結束的放學後講什麼醒來啊？」

傻眼的視線投向咲太。

「那還用說，因為是我討厭的英文課啊。」

「好好上課啦。你想和我讀同一所大學吧？」

「咦？是麻衣小姐想和我讀同一所大學吧？」

「是啊。因為我比較喜歡你。」

麻衣就這麼面向前方，隨口說出這種話。

一陣心動看向麻衣的咲太在這個時候已經輸了。而且，麻衣還朝咲太投以挑釁的視線。「你要這麼認為就隨便你吧。」她的雙眼深處試探著咲太。

「是我想和麻衣小姐讀同一所大學。」

當然，這是麻衣的願望，所以咲太想實現。同時，這也是咲太自己的願望，所以咲太想實現。咲太認為兩人曾經許下的「要一起變幸福」這個諾言，肯定就是這麼一回事。

走出校門，眼前就是平交道。警示音響起，柵欄放下。

「哪邊？」

麻衣的問題很短，沒有主詞。即使如此，咲太還是知道她在問什麼。就讀這所學校的人都會在意經過平交道的電車是朝哪個方向行駛。

「往藤澤的。」

從平交道右轉，是距離學校最近的七里濱站。車站月臺沒有電車停靠。往左邊看，從鎌倉方向行駛過來的電車緩緩經過咲太、麻衣與其他學生停步的平交道。

警示音停止，柵欄上升。

接著，站著不動的數名學生拔腿狂奔。只要用跑的就可以在車站趕上剛才經過的電車。

「要跑嗎？」

咲太詢問身旁的麻衣。要是錯過這班電車，下一班是十二分鐘後。

「原來你想盡快回家啊？」

麻衣雙眼露出惡作劇的笑意。

「我和麻衣小姐在一起的時候就在想，如果這是永遠不通的平交道該有多好。」

「這樣很不方便，我才不要。」

兩人最晚踏出腳步，穿越平交道。一如往常的步調。晚一班電車，放學後約會的時間就會增加十二分鐘，所以沒有趕電車的理由。

正前方是持續延伸的平緩下坡，盡頭看得見七里濱的海。吸滿胸腔的風帶著海水的味道。

咲太與麻衣面向大海，穿越平交道之後立刻右轉。經過一座小橋，掛著綠色看板的車站入口映入眼簾。

走上短短的階梯，朝直立不動的驗票機舉起ＩＣ卡。往藤澤方向的電車剛走的小小月臺上留著十幾名學生，他們應該在等開往鎌倉方向的電車吧。

行經車站的鐵軌只有一條，月臺也只有一個，開往藤澤與鎌倉的電車分別從右邊與左邊交互行經相同的鐵軌與月臺。別有風情的單線車站。

車流量大的道路或人潮多的鬧區都不在附近，所以這裡有獨特的寧靜，時間緩慢流動。

最熱鬧的時間是早上的上學時間與下課後的放學時間。

某些季節如果不小心睡過頭上學遲到，也可能只有自己一個人在這一站下車。

從藤澤方向行駛過來的電車響起煞車聲停靠月臺。咲太與麻衣搭的車是反方向。

乘客上車之後，綠色加奶油色的懷舊設計車廂慢慢起步。

留在月臺上的人包括咲太與麻衣在內，大約六到七人。

咲太聽著順風傳來的平交道警示音時，麻衣毫無徵兆地牽住他的手。說是這麼說，卻只是輕輕捏著咲太的一根小指……因為經紀人叮嚀要注意周圍的目光。這是姑且認清立場，有所顧慮的表現。

事實上，即使咲太看過去，麻衣也沒有和他相視，只是不發一語，不經意地看著鐵軌。

咲太也不發一語看著她的側臉。

光是像這樣近距離感受到麻衣的存在，內心就逐漸滿足。

光是她陪在身旁，心情就暖洋洋的。

非常幸福的感覺。

沒什麼特別的事，平凡無奇的放學時間。只是和麻衣一起回家，只是目送剛開走的電車，兩人一起等下一班電車的寧靜時間。

也沒有聊什麼有趣的話題。

不過咲太已經知道這平凡無奇的瞬間其實無比珍貴，所以他的視線移不開舒服地吹著月臺上的微風的麻衣側臉。忍不住一直看，絕對不會看膩，因為每一瞬間都是無可取代的時間。

「怎麼了，一直盯著我看？」

察覺咲太視線的麻衣輕輕按住隨風飄揚的秀髮。她害羞似的說完，終於看向咲太。

「我在想，麻衣小姐就在我身邊耶。」

「這是怎樣？」

嘴裡講得像是不明就裡，但麻衣雙眼述說著另一件事。

「畢竟發生過很多事啊。」

麻衣慢慢地……像是確認心意般低語，眼神隱約藏著溫柔。

「發生過太多事了。」

發生過的各種事情多得說再多話語都不足以形容。許多哭泣，許多叫喊，許多嘆息，許多奔走；同樣的，也有許多歡笑。

因為發生過許許多多的事，咲太與麻衣珍惜現在的這一瞬間。明明只是在車站等車，卻很高興能共度相同的時光。彼此的想法相同，更令兩人開心不已。

「……」

「……」

兩人就這麼看著彼此，沒有移開視線。咲太實際感受到自己對麻衣的愛逐漸膨脹，化為某種

衝動填滿全身。

「那個，麻衣小姐……」

「不～～行。」

管教般的戲謔語氣。不過，麻衣露出有點嬌羞的表情，移開視線。

「我什麼都還沒說……」

「反正一定是想親我吧？」

她瞥向咲太觀察。

「好想親一下喔～～」

麻衣注意周圍。月臺上的人稍微變多了。

「給我忍著。因為我也在忍。」

她以旁人聽不到的音量輕聲說。

同時，她重新握好原本只抓著小指的手。比剛才多一根。加上咲太的無名指，麻衣細長的手指緊抓不放。

「咦～～」

光是這樣還不夠。咲太發出抗議的聲音。

「電車來了。」

不過，他的哀號被輕描淡寫地帶過。

載著咲太與麻衣的電車從七里濱站出發沒多久就來到海岸線。行進方向的左側……窗外看得見群青色的海，遠方也看得見浮在海面的江之島。

同車的觀光客目不轉睛地看著窗外的景色，也有外國人拿著相機拍照。這裡常見到這樣的光景。

讓麻衣站在門邊的咲太也抓著吊環欣賞外頭流動的景色。不，一半以上是在看麻衣。

停靠鎌倉高中前與腰越兩站之後，電車抵達江之島站。許多乘客下車，又有一半人數的乘客上車。應該分別是前往江之島觀光的人，以及從江之島回來的人吧。

「對了，是什麼樣的夢？」

電車起步時，麻衣這麼問。

「嗯？」

「你說在英文課作的怪夢。」

「夢裡出現揹著小學生書包的麻衣小姐。」

咲太據實以告的下一瞬間，麻衣臉上的溫和笑容消失。

「……」

相對的，輕視的眼神投向咲太。這也是另一種會讓人上癮的舒服感。只不過，咲太感覺受到了某種令人遺憾的誤解，所以想先解釋一下。

「話說在前面，並不是現在的麻衣小姐揹著小學生書包。」

「不然是怎樣？」

麻衣的眼神依然冰冷。

「夢裡出現大概六歲大的麻衣小姐。」

「是喔……」

麻衣對此露出有點意外的表情。

「真的是怪夢耶。」

「所以我一開始就說這是怪夢啊。」

「你明明喜歡比你年長的女生。」

這裡說的「怪」並不是這樣解釋，但既然麻衣接受了，這樣也好。

「可是，那場夢……」

麻衣稍微壓低音調，刻意揚起視線看向咲太的雙眼。

「不是思春期症候群吧？」

雙眼混了些許擔心的神色。

在網路某些族群低調傳開的不可思議現象——思春期症候群。像是聽得到別人內心的聲音或是夢見未來，關於這種超自然現象的可疑傳聞。

「……」

麻衣看向咲太的眼神很嚴肅，因為他們彼此親身體驗到這不只是網路上的戲言。

說起來，咲太與麻衣邂逅的契機，正是發生在麻衣身上的思春期症候群。

「妳想太多了啦。」

「咲太，思春期症候群不是很喜歡你嗎？」

「多虧這樣，我才得以接近麻衣小姐，所以得感謝它才行。」

「……」

麻衣的眼神看起來還沒接受。

「會作這種夢只是麻衣小姐不肯和我恩愛的反作用力喔。我只是因為這樣才覺醒，進入新世界。」

咲太故意開這個玩笑，希望麻衣理會。

片刻之後，臉頰傳來柔軟的觸感。

「囂張。」

麻衣著實捏了咲太臉頰一把。

「我有麻衣小姐，所以無論發生什麼事都不怕。」

「你真的很囂張耶。」

欺負咲太的麻衣像是有點開心般笑了。

電車從七里濱站抵達終點藤澤站，花了大約十五分鐘。

走出驗票閘口，百貨公司環繞的藤澤站前廣場迎接咲太與麻衣。在市中心的此處除了江之電，還可以轉乘ＪＲ與小田急江之島線。

在這個時段，有許多住附近的購物客或是正要回家的國高中生。咲太與麻衣行經完全籠罩公車站的立體步道，來到車站另一邊。咲太居住的公寓在車站北邊步行約十分鐘的地方。

「今天不用到超市買東西嗎？」

來到家電量販店前面的時候，走在身旁的麻衣這麼問。

「雖然想來個購物約會，不過昨天已經採買過了。」

「那就改天吧。」

途中經過一座橫跨境川的橋。沿著道路繼續前進，景色就從熱鬧的站前逐漸轉變成平穩的住宅區。

「花楓她……上學順利嗎？」

來到住家附近的公園時，麻衣打開話匣子問。

「這段期間，她每天鼓足幹勁，一大早就去學校喔。」

咲太的妹妹長期拒絕上學，不過從去年底開始，她利用寒假進行外出訓練，目標是在過完年的第三學期上學。這個目標目前漂亮地達成。

只是，她好像還是害怕同學們的視線，上學的時間比大家晚一點，整天在保健室念書，放學時間也稍微錯開，然後獨自回家。這就是她的現狀。還沒有完全習慣，才要那樣鼓足幹勁。

考量到她曾經大約一年半走不出家門，最近這個月她真的很努力。

「上學可以放輕鬆一點啊。」

「慢慢習慣就好了。」

聊這個話題沒多久，咲太抵達居住的公寓前面。麻衣也住在正對面的公寓，所以兩人回家的路是同一條。

「咦，那個人是不是花楓？」

說人人到。麻衣的視線投向和車站反方向的路。有氣無力地走向這裡的身影如麻衣所說，是花楓。

國中制服加上一件大衣。視線微微往下，看著前方不遠處的地面。

花楓像是察覺什麼似的抬起頭，可能是感受到了視線。雖然瞬間受到驚嚇，不過咲太與麻衣

的身影映入眼簾，花楓就像是有點傷腦筋地笑了。在外面見到認識的人不太好意思……大概是這種感覺吧。

她稍微加快腳步，來到咲太與麻衣面前。

「花楓，妳回來啦。」

麻衣溫柔地迎接花楓。

「我……我回來了，麻衣小姐。」

「大衣，妳穿了啊。」

「啊，是的！我很喜歡！」

花楓害羞地笑。她身穿的大衣是麻衣送她的舊衣服。花楓雖然比麻衣矮，但個子意外地高，所以尺寸剛剛好。

「哥哥，你剛回來啊？」

和面對麻衣時的態度大不相同，花楓一臉不高興地仰望咲太。

「如妳所見。」

「是喔……」

花楓視線往下，瞥向咲太的手——至今依然和麻衣牽著的手。察覺到的麻衣不經意放開。

「對了。哥哥……那個……」

花楓欲言又止。

「什麼事？」

「明天跟後天，怎麼樣？」

籠統的問題。咲太聽不太懂她想問什麼。

「預定盡情享受週六與週日。」

所以咲太也含糊又隨便地回答。

「我在問你有沒有空啦。」

大概是不滿意咲太的態度，花楓鼓起臉頰。咲太先以雙手壓扁她的臉頰。

「明天要打工。」

「週日呢？」

「要忙著和麻衣小姐約會，向麻衣小姐撒嬌，被麻衣小姐撒嬌。」

「唔～～」

花楓發出不悅的低吟。

「這樣我很為難啦～～」

她低頭輕聲說。

「花楓，妳放心。我週末有事。」

「咦～～工作？」

這次是咲太發出不滿的聲音。

「總之，大概就是那樣。」

麻衣看向咲太的雙眼微笑。咲太覺得她的態度不對勁。如果是工作，麻衣肯定不會用「有事」這種字眼。感覺她有所隱瞞。

雖然在意，但咲太沒時間追問。他還沒開口，一輛白色廂型車就行駛過來，停在身旁。

和麻衣經紀人開的車種相同。坐在駕駛座的是年約二十五歲的套裝女性。是麻衣的經紀人沒錯，名叫花輪涼子。

「又和咲太一起回來？」

她一下車就露出生氣又困擾的表情，來回看著麻衣與咲太。

「我們在交往，各自回家反而比較不自然啊。」

麻衣面不改色地回嘴。

「要是被拍到鬧上新聞版面，我會很頭痛。」

涼子也沒退讓，告誡般說了。

「就是因為說謊想否定或隱瞞交往，才會鬧上新聞版面。以我和咲太的狀況，已經光明正大宣布交往，如今也不會變成緋聞啦。」

麻衣撇過頭，一副聽膩了抱怨的樣子。在年長的涼子面前，麻衣也展現符合她的年紀的孩子氣。

「那個，麻衣小姐，我已經說過很多次……」

涼子終於要進入說教模式。

「知道了。我會注意。」

麻衣隨即裝成乖寶寶的樣子。

「真是的，只有嘴上回應得這麼乖。」

被耍得團團轉的是年長的涼子。

「那麼，我要走了……你要好好聽花楓說話喔。」

麻衣重新面向咲太這麼說。

「花楓也再見喔。」

然後朝花楓揮手，坐進迎接她的車子。涼子也簡單點頭致意，關上駕駛座車門。沒熄火的車立刻起步。

「所以，週末有什麼事嗎？」

目送車子轉彎離開之後，咲太問身旁的花楓。

花楓也目不轉睛地看著車牌位置。看起來也像是不高興地瞪著看。

「沒事。」

才想說她終於開口，卻不知為何朝咲太露出賭氣的表情。

「我說啊，花楓……」

「幹嘛？」

看來心情還是不太好。

「你對麻衣小姐有什麼不滿嗎？」

「怎……怎麼可能啦！她又溫柔又漂亮又帥氣……我也想成為像她那樣的人。」

「花楓，我給妳一個寶貴的建議。」

「什麼建議？」

「回家之後，妳先好好照個鏡子吧。」

「不用你說，我也知道自己沒辦法像麻衣小姐那樣啦～～」

花楓鼓起臉頰瞪過來，但是一點都不恐怖。

「既然這樣，為什麼一臉不爽？」

「是哥哥不好。」

花楓的臉愈來愈臭。搞不懂這年紀的妹妹在想什麼。

「啥？」

所以咲太不由得大聲驚叫。

「因為你一直被麻衣小姐迷得神魂顛倒。」

「有個那麼可愛的女友，當然會這樣啊。」

「我知道，可是就是不喜歡啦……」

花楓鬧彆扭似的撇過頭，全力釋放「要哥哥陪我」的氣息。

「今天在學校發生什麼事了嗎？」

結果，咲太還不知道花楓要做什麼。

「美和子老師對我說……」

輕聲說出口的是學校輔導老師的名字——友部美和子。

「說什麼？」

「想做未來方向輔導。」

花楓沒什麼自信似的揚起眼看向咲太。

「喔～～未來方向啊。」

「嗯，未來方向。」

「誰的？」

「我的啦～～」

「哎，我想也是。」

並不是完全沒想過。花楓是國中三年級，現在已經第三學期，距離畢業沒剩多少時間。不過，她好不容易能上學至今還沒滿十天。關於花楓的未來，在咲太內心還沒有真實感。像這樣聽花楓親口說，「果然得好好考慮了」的心情就逐漸蓋過原本的認知。

「美和子老師說，希望也能聯絡爸爸……」

花楓看向咲太的雙眼透露某種要求。聽到這裡，咲太接下來就懂了。

「知道了。我來問。」

「嗯，謝謝。」

大概是因而放心，花楓的表情柔和許多。

「順便問一下，關於未來方向，妳決定怎麼做了嗎？」

咲太看了看信箱，打開大門的自動鎖。花楓跟在後頭。

「就算問我想怎麼做……這太突然了，我不知道啦。」

視線一度和咲太相對，接著明顯移開。

所以咲太隱約覺得她應該有想讀的高中。

不過，她現在大概不想說吧——咲太心想。

「哎，說的也是。」

咲太假裝完全沒察覺，按下電梯按鍵。

2

隔了一天的星期日，一月十八日。

門鈴在約好的下午一點準時響起。

咲太到玄關迎接輔導老師友部美和子，帶她到父親與花楓所在的客廳。

「花楓，午安。」

「午安。」

「不好意思，星期日請您撥空過來。」

父親向美和子點頭致意。

「不，硬是約在假日，我才要道歉。」

「請坐。」

在父親邀請下，美和子坐在飯桌的座位。大衣原本要掛在椅背上，但是咲太代為拿去掛在玄關。雖然上午打掃過，不過冬季衣物總是容易沾上那須野的毛——咲太家裡養的花貓那須野，牠正在暖桌上一臉詫異地看著室內。父親與美和子……平常不會在家裡的客人連續來訪，牠似乎很好奇。

咲太回到客廳，進入廚房，用茶壺泡茶。

這段時間，美和子開場白就說明花楓的升學輔導由她負責。這原本是國中班導的工作，不過對於長期拒絕上學的花楓來說，輔導老師美和子應該比較能讓她安心……這是校方的判斷。照這個模式，實際上究竟要怎麼做，就等美和子和花楓討論之後，依照校方提出的方針來決定。

對此，花楓微微點頭。

咲太在托盤上擺上冒著蒸氣的四個茶杯，將父親買來的茶點落雁糕放到盤子上，然後也回到餐桌旁。

「請用。」

茶水以及鴿子形狀的落雁糕放在美和子面前。

「謝謝。啊，這個很好吃對吧？我可以享用嗎？」

美和子打過招呼，將落雁糕送入口中，仔細品嚐後再喝口茶。

咲太拉一張椅子到餐桌主位，坐在表情僵硬的花楓旁邊。她大概在緊張，背脊挺得筆直，雙手放在大腿上。或許是沒勇氣抬頭，她目不轉睛地看著咲太放在桌上的茶杯底部。

「容我再說明一次，今天之所以登門拜訪，是想討論花楓同學未來的方向。」

「好的。」

父親靜靜附和。他和上班時一樣穿著西裝。雖然脫掉西裝外套，但領帶打得筆挺。大約三十分鐘前來到家裡的時候，咲太在玄關看見這樣的父親覺得好拘謹，不過事到如今就知道這是正確的做法。

因為坐在父親正對面的美和子也是套裝加外套的正式打扮。

「她現在剛開始上學，可以的話，我想等她更適應學校再開始討論未來……不過一般高中報考時期都集中在一月底，才找這個機會登門討論。」

美和子說著從包包取出Ａ４尺寸的厚厚信封，從信封抽出幾張文件放在桌上。

「這是縣立高中主要的報考行程表。流程是一月二十八日到一月三十日受理報名，二月十六日進行入學測驗，十六、十七、十八日這三天面試，二月二十七日放榜。私立學校的報名時間大約早一週，有些學校已經開始受理了。」

「請問……」

美和子說明到一個段落時，父親開口了。

「請說，有哪裡不清楚嗎？」

「不，那個……」

猶豫的父親只在一瞬間看向花楓。咲太知道他要說一些難以啟齒的事。父親像是要切換心情，說聲「抱歉」喝口茶，緩緩嚥下去之後重新面向美和子，靜靜吸口氣。

「花楓她……上得了普通的高中嗎？」

父親直截了當的詢問使花楓肩膀一顫。這是非常基本、非常重要的問題，所以即使當著花楓的面難以啟齒，父親依然沒有逃避，直接說出來。沒有含糊其詞，也沒有馬虎帶過。

「我想您應該知道，以大前提來說……國中是義務教育，所以和出席天數無關，都會在三月畢業。」

「是。」

「關於高中升學，首先要擔心的是花楓的學力方面……」

美和子繼續說，同時從剛才的厚信封裡拿出另一張紙。放在桌上的是打好分數的答案卷，姓名欄位寫著「梓川花楓」。

「這是去年縣立高中的入學測驗，我在週五拿給花楓寫的。」

測驗結果攤在眾人面前，花楓身體繃得更緊。至於最重要的解答率，大約是對錯各半。

「從偏差值來看，可以填寫的志願有限……不過既然考得出這樣的成績，花楓就有可以就讀的學校，也有選擇的空間。」

花楓說過雖然沒有自己念書的記憶，不過國中的課程有掌握到某個程度。這是「花楓」罹患解離性障礙而失憶的這兩年，「楓」代替她努力念書的證明。是「楓」曾經存在的證明。答案卷

上答對的紅色圈圈，都是「楓」留下來的東西。咲太察覺到這一點，眼角一陣溫熱，鼻腔痠得不得了。他故意發出聲音喝茶，像是要掩飾湧上心頭的情感。

花楓有點詫異地看著咲太。兩人瞬間四目相對，但她立刻移開視線。咲太以為她在意什麼事，原本想問，不過美和子和父親繼續說下去，咲太想說不方便打斷就打消念頭。

「以縣立高中的狀況，校內評鑑分數會大幅影響報考結果吧？」

對於父親的詢問，美和子大大地點頭。

「您說的沒錯。雖然各所學校著重的比例多少不同，不過在判定是否通過的時候，以國中成績為基礎的校內評鑑分數占四或五成，面試兩成，入學測驗的成績是三或四成。」

「當天的考試只占這種程度嗎？」

咲太感覺自己報考的時候沒有好好掌握整體的機制。以當時的狀況，他只顧著想說要讀遠一點的學校，所以無心在意。

「別看這樣，比起實施成就測驗的那個年代，面試與入學測驗當天的比例增加了。我是成就測驗的末代考生，當時校內評鑑分數占五成，成就測驗兩成，入學測驗之前就已經決定七成的分數。不過以我的狀況來說，當天的入學測驗可以輕鬆考，受惠不少。」

咲太國中時代聽老師說過，神奈川的縣立入學考試很獨特，舉辦過這種「成就測驗」。不過很早之前就廢除了，後來固定為現在的形式。

「我也考過喔，成就測驗。」

父親如此反應。完全沒想過這種事，父親好像也是讀神奈川的縣立高中。咲太現在才知道。

坐在旁邊的花楓無法加入話題，至今依然低著頭。她雙手緊握，大概想說些什麼。

「無論如何，聽您現在這麼說，要考上縣立高中好像很難？」

咲太代替不發一語的花楓插嘴問。

縣立不行，就得考私立。在這種狀況下，學費當然會三級跳，所以咲太也在意這一點。

「是的。縣立高中的報考機制本身對現在的花楓來說難免不利。」

花楓一直沒上學，校內評鑑分數等同掛零，這也無可奈何。不只如此，以她的個性來說，面試也稱不上擅長的領域。美和子委婉地用「不利」這兩個字，不過就讀縣立高中的計畫聽起來很不實際。

「在這種狀況下，我有一個提議，就是私立高中實施的開放型報考方式。」

「開放型？」

這個詞很陌生。咲太不由得反問美和子。

回答咲太這個疑問的是父親。

「只看當天測驗的成績判定是否合格的報考方式……我這個認知是對的嗎？」

父親確認般詢問美和子。

「沒錯。這種方式的測驗日期也比較晚，無論是哪種報考方式，從現在開始準備都很趕，不過這是其中比較能爭取時間的方法。」

咲太一邊聆聽美和子的說明，一邊看向父親的臉。父親看起來莫名熟悉報考細節。相較於最近才調查高中報考程序的咲太，父親擁有的情報強度完全不同，感覺從更早之前就在準備了。大概是父親從很久以前就在思考花楓的未來，也早就知道這一天會來臨。

「即使報考方式比較好，只要就讀私立學校，學費無論如何都有偏高的傾向。」

美和子又從信封裡拿出一張紙，擺在父親面前。是從入學費到三年學費的試算表。金額令人有些瞠目結舌，不是高中生打工能完全貼補的數字。

「這邊是以花楓目前的學力跟得上的私立高中資料。」

美和子在桌上擺了五六份學校簡介。

「這些都是方便從現在住處通學的學校……不過如果稍微擴大範圍，就還有更多學校可以選擇。所以從學力層面來說，認定花楓有學校讀是沒問題的。」

「好的。」

話題告一段落，但父親與美和子都不改嚴肅表情，因為兩人知道接下來才是正題。咲太也是如此，從依然不說話的花楓表情也感覺得到。

「說明到這裡才講這種話也不太對……不過我站在學校輔導老師的立場，無法率直地建議現在的花楓就讀全日制高中。」

美和子慎選詞彙，逐一確認花楓的反應，緩緩告知。

「國中時代曾經拒絕上學的學生，在高中也拒絕上學的案例非常多。」

「嗯。」

父親出聲附和，讓美和子易於說明。

「高中也有留級制度。因為這樣而逐漸遠離學校，到最後退學的學生，我看過很多。」

美和子露出無法言喻的表情，視線看向下方。大概也包括自己負責的學生吧。她看起來就是這樣放不下，沒能成為助力的後悔留下陰影。

「國中讀得不順心，高中也讀得不順心……像這樣愈來愈失去自信之後，也會在今後的人生留下嚴重影響。我知道不能說所有人都會這樣，但我認為可能性很高。」

沒人知道實際上會怎麼樣。或許花楓上了高中之後會正常交朋友，每天快樂地上學；或許一回來就會對咲太說今天發生了哪些開心的事情。

不過，若有人說這是樂觀的期望，咲太完全沒有意思要賭氣反駁。

他現在只想問：既然這樣，花楓該怎麼做？

「除了全日制高中，還有這樣的高中。」

美和子從包包取出另一個Ａ４信封。這個也很厚。她再度從信封裡拿出學校簡介，放在桌上

讓咲太等人看。

乍看是普通的高中入學說明。不過，每所學校前面都加了「函授制」三個字。

看到這些資料，父親與花楓也沒有特別的反應，一副已經知道、早就知道的態度。花楓應該是事先聽美和子說過，父親則是事先全部調查過。

「雖然各所學校的特色不同，不過可以在自己家裡一邊觀看預先準備的課程影片，一邊以自己的步調學習，這就是函授制高中的特徵。在學習過程中定期繳交作業，取得畢業所需的學分。如果是這種教學，就可以避免無法融入學校班級的問題，而且和全日制高中一樣能取得高中畢業資格。」

咲太朝簡介伸出手，拿起一本翻閱。雖然無法想像會是什麼樣的高中，不過簡介以照片介紹正常舉辦校外教學、校慶活動、正常在學校上課的教學模樣。這些光景和咲太所知的高中形象沒什麼不同。

學生們開心歡笑，看起來甚至比就讀全日制高中卻不參加學校活動的咲太還充實。

「花楓才重新上學不久，所以我提議利用高中這三年慢慢適應。」

「但我聽說在函授制高中，升級率跟順利畢業的學生比例都比全日制低。」

「伯父說的沒錯。我不會說函授制高中各方面都比較好。不是每天上學，所以課業必須好好抓到自己的步調，為此，家人的協助非常重要。」

「……」

父親面有難色地點了點頭，大概在思考怎麼做對花楓比較好而迷惘吧。咲太知道美和子依照自身經驗說的這些話有什麼意義，也知道父親煩惱的理由。兩人都在認真思考花楓的未來。

所以咲太將這件事交給兩人，自己朝縮起身體的花楓搭話。

「花楓，妳想怎麼做？」

花楓身體一顫，緩緩抬頭。她看向咲太，接著大概是感受到視線，朝父親與美和子一瞥。不過，她再度低下頭。

現場所有人都在討論有關自己的事情，光是這樣就會造成心理疲勞。何況以花楓的個性，體力消耗肯定很劇烈。不過，只有這件事最好由花楓決定，因為這是花楓的未來。

「我……」

花楓欲言又止。沒人催促，靜心等待花楓開口。花楓有她自己的步調。

那須野大概是擔心，走到花楓腳邊，跳到她的大腿上。花楓溫柔撫摸那須野的背。或許是心情因而平復，花楓的嘴唇再度開啟。

「我……想和大家一樣。」

花楓輕聲說出意願。

美和子對這句話產生些許反應。她皺起眉頭，露出有點為難的表情，真正的想法不得而知。

不過，對於花楓這個意見，她沒有肯定或否定。
「意思是妳想上全日制高中對吧？」
只以溫柔的聲音向花楓確認。
「……」
花楓默默點頭，像在反覆強調般點了兩次。
「具體來說，妳有想讀哪所高中嗎？」
摸那須野背部的手頓時停止，所以咲太認為她真的有想讀的高中。
「這……」
花楓只以細如紋鳴的聲音低語，沒有說下去。
「用講的不必花錢喔。」
咲太想說應該會花一些時間，將鴿子形狀的落雁糕送進嘴裡。口中的水分全被吸走，多虧如此，茶變得超好喝。
咲太將茶杯放回桌上，花楓一臉想說些什麼的樣子看著他，雙眼蘊含心意訴說，所以咲太立刻猜到了。花楓想讀的高中是哪一所……花楓看他的這個舉動就是答案。
「花楓，妳想吃就吃吧。」
不過正因為知道，咲太刻意裝傻，假裝自己不知道。

「不是啦……」

想法沒能傳達的焦躁感使得花楓不悅地噘嘴。

「啊，我再去泡茶過來。」

美和子的茶杯見底，所以咲太如此說完便站起身。如果麻衣在場，應該會嘲笑他演得很差吧。美和子與父親都沒有吐槽。說是這麼說，但咲太也沒有真的走向廚房。因為在這之前，花楓就開口了。

「和哥哥一樣的高中……」

傳來細如紋鳴的聲音。

花楓依然低著頭，但稍微提高音量。

「我想讀哥哥上的高中。」

她在眾人面前確實告知自己的想法。

美和子露出這天最傷腦筋的表情。考縣立高中很難的原因正如剛才聽到的說明，而且峰原高中是偏差值頗高的高中，在周邊的縣立高中裡面排名第三。應該沒機會考上——美和子的想法寫在臉上。

父親回應「這樣啊」，將花楓的意見照單全收。

只有咲太將手放在花楓頭上。

「既然這樣，妳就早點說啦。」

他笑著對緊張兮兮的花楓這麼說。

結果，只在今天不可能得出結論，後來又討論了一段時間，和美和子的面談就結束了。

美和子基於立場與自己的心情都不得不這麼說：

「即使報考峰原高中，考上的可能性也趨近於零。」

她清楚說出這樣的見解。咲太也知道原因，決定是否錄取的要素有四成是校內評鑑分數，兩成是面試。不只如此，報考峰原高中的學生大半都能在入學測驗拿下比現在的花楓更好的成績。就算要用功念書，距離考試也只剩一個月的時間。

三大要素之中，現在的花楓可說連一個要素都沒有，所以趨近於零。應該說大概是零。

美和子不只說明嚴苛的現狀。

「我反對花楓報考峰原高中。時間有限，所以我認為應該選擇比較實際的未來方向，讓她好好準備。」

還說出身為大人的正確判斷。

花楓聽完之後就把自己關進房間，叫她也不肯出來，所以今天的討論就此結束。

「我被討厭了嗎？」

咲太送沮喪的美和子到一樓。

「反正她吃個布丁就會忘掉了。」

咲太這麼說完與她道別。

搭電梯到五樓，回到住處一看，父親正在玄關穿鞋準備回去。

「要回去了啊。」

「嗯。」

父親簡短回應。不用問也知道他趕著回去的原因。「父親不說原因」就是原因。

因為擔心母親。

「花楓呢？」

「在房間。我說我要回去了，她回了一聲『嗯』，所以應該沒事。」

「這樣啊。」

咲太再度和父親一起走出玄關。兩人搭停在五樓的電梯到一樓，完全沒交談。

走到大門前面的道路時……

「再見。」

咲太說完輕輕舉起手。

「咲太。」

「嗯？」

咲太要回到住處時，父親叫住他。

「未來怎麼打算？」

看父親注視咲太的雙眼就知道他不是在問花楓的未來。

「我要上大學。」

咲太毫不考慮，毫不煩惱，反射性地回答。妹妹當著大家的面告知想就讀哪所高中，做哥哥的這時候可不能迷惘。

「學費我會盡量自己賺……但是不夠的分，希望你能幫我一下。」

咲太姑且以認真的表情拜託。這是第一次像這樣拜託父親，總覺得有點緊張。

「知道了。」

面對這樣的咲太，父親有點開心似的放鬆表情。感覺好久沒看他笑了。

「哪裡有笑點？」

咲太好奇地詢問，但父親沒回答。

「花楓就拜託你了。」

父親只說完這句話就朝車站方向走去。腳步匆匆，背影愈來愈小。咲太目送父親的背影，隱約知道父親為什麼會笑。

大概是因為喜悅而笑。

被兒子拜託，兒子願意拜託……令他感到喜悅。

3

週末結束的星期一。

早上的班會結束之後，班導離開教室，咲太追上去在走廊上叫住他。

「梓川啊，真稀奇。怎麼了？」

「是老師要我交未來方向調查表的啊。」

咲太將一小張薄薄的紙遞給班導。班導反射性接過來，視線落在紙上，然後在下一瞬間一臉驚愕。

順序目前是亂填的，不過第一與第二志願的欄位寫著橫濱的國立與市立大學名稱，所以班導嚇了一跳。

「那就這樣。」

「你啊，改天排個面談吧。」

班導面有難色，但現階段不會說咲太魯莽。應該是因為他知道咲太第二學期的期中與期末考成績很好。

該說多虧麻衣陪著一起念書嗎……要是沒考出好成果，顯然會被麻衣臭罵一頓，所以咲太也還算拚命念書。看來人類只要有理由就拿得出不少幹勁。

「請老師多多鞭策指導。」

咲太很有禮貌地回應，班導驚慌了一下，不過似乎沒有壞了心情。

「好。」

他挺胸回應。

才剛繳出未來方向調查表，所以咲太上午很認真上課。數學、物理、英文，然後又是數學。除了英文都是理組的選修科目，所以教室裡九成是男生。陽剛的景色悶熱不堪。

度過這種灰色的上午，咲太一到午休就趕快離開教室，什麼都沒拿。

趕著去餐車買麵包的學生超越他，在樓梯和衝下樓的學長姊們擦身而過。

咲太逆流而上，來到三樓。

筆直延伸的走廊最深處。咲太打開空教室的門入內。

平常沒人使用的無人教室已經有人先到了。

「啊，咲太。」

察覺到氣息而轉過身的是麻衣。她將靠窗的桌子面對面併起來，等待咲太前來，手上提著便當大的兩個束口布袋。

昨晚，麻衣打電話來。

『我幫你做便當，明天中午一起吃吧。』

邀咲太進行午餐約會。

看得見海的窗邊，兩人相對而坐，打開麻衣親手做的便當。醃得入味的炸雞塊；加入切碎的紫蘇葉，滋味清爽的煎蛋捲；以培根的酥脆口感點綴的馬鈴薯沙拉；白飯灑上芝麻，正中央只放一顆酸梅，十足便當樣的便當。感覺每一道都費心製作，非常好吃。咲太率直面對這份心情，頻頻大呼好吃，心情大好的麻衣餵了他一口。

即使是普通的午休，只要和麻衣共度就變成幸福無比的時間。

「感謝招待。」

「不成敬意。」

多虧如此，一下子就吃完了。

「不過，麻衣小姐是突然怎麼了？」

咲太一邊收拾見底的便當盒，一邊提出單純的疑問。

「什麼怎麼了？」

「總覺得事有蹊蹺。」

咲太不經意看向收拾好的便當盒束口袋。

「只是忽然想做你的便當。」

得到的回應是如此可愛的理由。

麻衣將便當盒收進書包，拿出好幾本薄薄的B5簿子。最上面一本的封面印著「外文（英文筆試）」，接在下面的是注意事項，但麻衣已經翻頁，咲太沒能看完。只不過，好像有提到答案卡之類的。換句話說，是某種考題。從這個時期推測，第一個想到的就是關於報考大學的那個。

「麻衣小姐，那是什麼？」

咲太指著簿子詢問。隱約有種不好的預感……

麻衣還從書包拿出智慧型手機，一邊確認簿子一邊輸入文字。

「中心測驗的題目卷。」

咲太原本就這麼猜，結果真的是這樣。

「考古題？」

「不。是今年的。」

「今年的？」

「對。今年的。」

麻衣好像忙著操作手機，連看都不看咲太一眼。

「……」

「……」

「那個……為什麼要看今年的中心測驗？」

「因為我昨天跟前天去考了。」

麻衣依然一邊看著題目一邊操作手機。英文似乎已經翻完，接著翻開數學題目簿。

「那是在做什麼？」

這次咲太指著手機，詢問麻衣。

「自己打分數。」

麻衣隨口說明，但咲太完全沒能釋懷。

「很方便吧？只要在手機輸入答案，就會幫忙算出分數。」

所有科目似乎輸入完畢，麻衣將計分畫面拿給咲太看。雖然看不懂細節，不過在滿分九百分獲得八百三十分。看麻衣愉快的模樣就知道是高分。答錯的題目不到一成，光是這樣就讓咲太單純認為成績很好，說不定也有科目考滿分。

「所以麻衣小姐今年有報考？」

「嗯。」

「不是說要留級一年，和我一起享受校園生活嗎？」

「我決定今年報考，然後休學一年。」

「用意是？」

「因為我認為這樣你比較會拚命用功。」

麻衣雙手托腮，愉快地看著咲太。是運動飲料廣告那張清爽的笑容；今天上學的電車上，別校高中生也在討論「那張笑容太可愛了吧」的笑容……這張笑容現在只對著咲太一人。這是非常幸福的事，但咲太內心複雜得說不出話。

換句話說，這正是麻衣午休叫咲太過來的目的。

以親手做的便當引誘咲太過來，給一個特大號的警告。

如果一起報考，即使不小心落榜也或許能獲得安慰……咲太原本是這麼想的，但是這條後路被麻衣以笑容封鎖了。

這麼一來，一個邪惡的想法掠過腦海。國公立大學的考試分成兩個階段，還有二次測驗。就讓麻衣在二次測驗慘遭滑鐵盧……

「你正在詛咒我落榜吧？」

「怎麼可能。」

內心輕易被看透。為了平復慌張的心情，咲太看向窗外，冒出「大海好遼闊」的感想之後，再度面向麻衣。

「我會好好努力，所以想要獎賞。我只是在想這件事。」

盡力而為。咲太有這個心理準備，這是心情的根基。不過，想到將來要過著用功念書的每一天，還是會變得憂鬱，需要滋潤。

「那就和你約會吧。」

麻衣一臉想到好點子的表情。

「反正今天沒工作，約在放學後吧。現在江之島好像有鬱金香田喔。」

麻衣在手機畫面顯示鬱金香田的模樣，拿給咲太看。

平常的咲太二話不說就會答應。不過，這天可不行。

「啊～～」

咲太發出愧疚的聲音。

「怎麼了，不要？」

麻衣不滿地瞇細雙眼。

「我有點事……」

「打工？」

「哎～～算是吧。」

咲太含糊其詞。

「是在報復週五的事？」

麻衣不只是不滿，雙眼還隱藏不悅的光芒。

「小的不敢。我不會對麻衣小姐隱瞞事情。」

「果然是報復嘛。」

麻衣毫不留情地朝咲太宣洩不快的情緒，不過這副模樣沒撐太久。

「哎，算了。反正你會擺在優先，應該是花楓的事吧。」

上週五，花楓似乎想說些什麼。麻衣應該也知道這一點，才能這麼輕易聯想到。

「算是吧。」

「是喔……好吧。」

麻衣嘴裡這麼說，眼神看起來卻依然不滿。她在桌子下方輕輕踩了咲太一腳。室內鞋脫掉了，所以不會痛，真要說的話，很舒服。咲太想到這裡，踩他的力道增強了。

「那個，麻衣小姐……」

「什麼事？」

麻衣一臉平靜，若無其事地回應。

「不，沒事。」

所以咲太決定讓麻衣踩到氣消。無論是什麼原因，他都拒絕了可愛女友的邀約，所以這也在所難免。咲太想成為能樂於接受女友發洩這點脾氣的男人，這樣反而剛剛好。現在肯定是成長為好男人的機會。

4

放學後，咲太完成教室的輪值打掃工作，前往平常不會接近的教職員室。

因為在放學前的班會結束後……

「梓川，來教職員室一趟。」

班導對他這麼說。

「所以我可以翹掉輪值打掃工作吧？」

「輪值打掃工作完成再過來。一定要來喔。」

班導特地叮嚀，咲太也不忍心放他鴿子回家。

「打擾了。」

究竟是什麼事？感到疑問的咲太打完招呼，打開教職員室的門。

環視約兩間教室大的室內，隨即和坐在室內中央區域座位的班導四目相對。

班導拿著幾張印有內容的紙，來到咲太等待的門口。

「這些題目拿去寫，確定你現在的實力。」

遞出的紙最上面一張印著「外文（英文 筆試）」。在哪裡看過的封面，下面記載著接受測驗時的注意事項。

是午休時間麻衣為自己打分數的中心測驗考題影本。

咲太沒接過去，班導硬塞到他胸口。

「目標是五個科目加起來，滿分九百分要考到七百五十分以上。」

「明明今天早上才繳未來方向調查表，居然這麼快？」

「已經算慢了。大家在二年級夏天就開始了。」

咲太的意思是班導的行動很快……卻被改成另一種意思。改成更具意義的方向……

「這樣啊……」

「是你自己說要我多多鞭策指導的吧？」

咲太回應得有氣無力，班導露出傻眼的表情。

「總之，記得寫啊。」

「知道了。」

好像要開教職員會議之類的，其他老師在叫班導，所以只講到這裡。

「我先告辭了。」

咲太打了沒人聽的招呼，關上教職員室的門。

他一邊走一邊將班導給的中心測驗考題塞進書包。這樣終於能回家了。

輪值打掃之後被叫到教職員室，和往常直接回家的時間比起來晚了約三十分鐘。校內給咲太的印象比他所知道的放學後還安靜。

回家的學生迅速回家，只剩下參加社團活動的學生的時段具備這種獨特的氣氛。四下無人的走廊，遠處傳來社團活動的吆喝聲，洋溢著慵懶的氣息。結果，咲太沒和任何人擦身而過，來到校舍門口。

所以他認為麻衣應該不會特地等他。

不過也期待麻衣或許在等他。

因為麻衣光是為了給咲太驚喜，就會做出這種莫名惹人憐愛的事。

咲太今天也期待麻衣的這副模樣。

然而很可惜，鞋櫃前面沒有麻衣的身影。

說起來，連一個學生都沒看見。

因為午休時才婉拒放學後的約會，這才是現實……

「哎，我想也是。」

咲太逕自接受，打開鞋櫃。

一張對摺的小紙條隨即輕盈飄落。

「嗯？」

感到疑問的咲太撿起紙條。

打開一看，麻衣以工整的字體寫著「笨蛋」。

這顯示麻衣還在對咲太拒絕約會這件事記恨。不過，既然麻衣刻意表達心情，就知道她其實沒那麼生氣。這就像是要求以後「要討我歡心喔」的訊息。

逗趣的做法令咲太不禁揚起嘴角。

接著，咲太發現紙條下方角落以小小的字寫了另一行字。

——**不准傻笑**。

咲太的反應完全被看透了。

這使得咲太笑得更開心。

這樣的互動棒透了。

所以即使穿好鞋子，踏出腳步，咲太依然止不住笑意。寫著「笨蛋」的小小紙條，咲太對摺之後收進制服口袋珍藏。

走出學校的咲太一如往常從七里濱站搭乘電車，心不在焉地看著海，回到藤澤站。

看向江之電藤澤站月臺的時鐘，時間即將來到下午四點半。

走出驗票閘口，在連通道上隨著人潮前進。穿過ＪＲ與小田急的站體，來到車站北側。

回家路線是從這裡沿著家電量販店旁邊走，不過這天的咲太往反方向走。

咲太來到的地方位於車站附近，是他打工的連鎖餐廳。太陽快要下山，從戶外看店內非常明亮。

在熟悉的打工餐廳門口，咲太發現了熟人。

在服務生制服外面加一件外套的高個子男生。是咲太少數朋友之一——國見佑真。他拿著掃把與畚箕，正在打掃餐廳周圍。

「國見。」

咲太一呼喚，佑真就抬頭看他。

「咦，咲太，你今天有班嗎？」

「我才要問你，社團活動呢？」

佑真在學校加入籃球社。如果在學校體育館有練習賽，就會有女生聚集朝佑真尖叫，相當受

到異性青睞。

「週末要遠征進行練習賽，所以今天放假。」

「既然這樣，你就好好休息啊。」

要是排班打工，社團休息也沒意義。

「反正其他人也是到處玩，做什麼都一樣吧？」

佑真爽朗地說出真話。

「所以，你來做什麼？」

「等人。」

「等櫻島學姊？」

「不是。」

「花心要適可而止啊。」

「我不像你這麼受女生歡迎，所以不用擔心。」

看向店內，牆上的時鐘顯示四點四十分，距離約定的時間還有二十分鐘。一個人進店裡也閒著沒事做，所以咲太決定干擾佑真工作。

「我說啊，國見……」

「嗯？」

佑真用掃把集中不知道從哪裡飛來的落葉，掃進畚箕。

「高中畢業之後，你有什麼打算？」

「怎麼突然問這個？一點都不像你。」

佑真輕聲一笑。

「不突然吧？畢竟今年就在做志願調查了。」

「啊～～也是啦。話說，你會上大學吧？和櫻島學姊同一所。」

「這件事我跟你說過嗎？」

咲太不記得說過。

「我聽雙葉說的。」

拿出來當成理由的這個人是咲太與佑真共通的朋友，同年級的雙葉理央。她放學後總是在物理實驗室勤快地進行科學社的社團活動，現在肯定也還在做實驗，或許正用酒精燈與燒杯泡咖啡喘口氣。

「她還說：『梓川這麼快樂，真好。』」

「聽起來像在笑我，是我多心嗎？」

「單純的『羨慕』啦。我也稍微可以理解。」

「你不是有個積極好鬥的女友嗎？」

「只對你好鬥。話說，你又和上里起衝突了吧。星期五嗎？她一直在抱怨你。」

「放心，我不在意了。」

「這不是加害者該說的話吧？你就是這一點惹到她喔。」

佑真放聲笑了。他應該聽過來龍去脈了。咲太打瞌睡，上里沙希代替他被老師點到名。咲太並沒有直接做任何事，不過這時就乖乖接受被認定為加害者吧。

「但是，很好啊，上大學感覺很快樂。」

佑真豎起掃把，下巴放在柄頭支撐體重，雙眼不經意望向天空。

「不過，要念書就饒了我吧。」

他立刻開玩笑似的補充說道。

「國見，你不用念書準備考試嗎？太棒了。」

「不，得稍微用功才行。」

「什麼的？」

「特考。」

「什麼的？」

「消防員。」

「哦～～」

咲太第一次聽到，不過莫名可以接受。是否適任不過是咲太自己的印象，但他覺得這很像是佑真會選擇的未來。這種工作最好是由佑真這樣正直的人來擔任。

「那麼，就算我家失火也能放心了。」

「要小心火燭啊。」

咲太打趣地說，佑真也開個玩笑一笑置之。

「你有對雙葉這樣說過嗎？」

「雙葉早就說她會小心火燭了。」

「因為被甩，就賭氣要讓你失業是吧？雙葉真有一套。」

「如果火災之類的災害不再發生，那我失業也行。不過還沒錄取就是了。」

佑真悠哉地笑了。這可不是玩笑話。咲太覺得佑真就是這一點了不起。

「總之，等你領到第一份薪水，要請我跟雙葉吃大餐慶祝就職喔。」

「這種時候應該是你請吧？」

這種鬼扯的話題愈聊愈熱烈的時候……

「咲太同學。」

後方傳來這個聲音。

轉身一看，雖然距離約定時間還有十分鐘，友部美和子已經站在咲太身後。

「咲太，你真的很喜歡年長大姊姊耶。」

佑真輕聲說了幾句，但咲太裝作沒聽到。

5

咲太和美和子在連鎖餐廳詳談約一小時。

結完帳走出餐廳一看，外面完全變成夜晚的景色。抬頭看見的天空微暗，周圍鬧區已經點亮耀眼的燈光。

咲太送美和子到ＪＲ的驗票閘口。

「謝謝您今天撥空過來。」

咲太說完輕輕低下頭。

「如果發生什麼事，隨時找我商量喔。」

美和子微微舉手道別，消失在驗票閘口的另一頭。

剩下自己一個人之後，咲太無精打采地走在從車站回家的路上。大約十分鐘後，抵達居住的公寓前面。不經意仰望矗立在正對面的大廈，九樓邊間是麻衣住的房間。

現在室內沒開燈，窗戶一片漆黑。

大概是被咲太拒絕放學後約會的邀約就生悶氣睡覺了吧。晚點打通電話給她，得討她歡心才行。

咲太一邊思考這種事，一邊搭電梯上五樓。

拿出鑰匙，打開自家的門。

進入玄關，咲太覺得腳邊不太自在。排放的鞋子數量比平常多。不是咲太的，也不是花楓的。多了兩雙不熟悉卻好像看過的鞋子。

客廳方向傳來女生的說話聲，看來有訪客。

「我回來了～～」

咲太脫鞋進入家裡，來到客廳。

「啊，咲太，你回來啦。」

廚房傳來這聲招呼。穿圍裙的麻衣正在削馬鈴薯皮。

「抱歉，廚房借我用喔。」

「為什麼麻衣小姐妳在這裡？」

「我回來的時候在樓下遇見花楓。咲太，你沒跟花楓說你今天有事吧？」

好像有說明，又好像沒有說明的說明。

大概是麻衣預料到咲太可能晚歸，就先來幫花楓做晚飯吧。

關於麻衣，咲太這樣就可以接受了。應該說不只能欣賞她穿圍裙，還能一起吃晚飯，所以沒什麼好抱怨的。真要說的話，咲太甚至想就這樣一直欣賞麻衣下廚的樣子。

不過，還有另一名訪客。坐在餐桌旁邊的金髮女高中生，身上穿的卻是和頭髮完全相反……感覺得到時代與歷史的千金學校制服。這個人是麻衣同父異母的妹妹——豐濱和香，也是偶像團體「甜蜜子彈」的成員。

「啊～～你回來啦。」

她對咲太打聲有氣無力的招呼之後，和坐在正對面的花楓說話。花楓一臉正經地頻頻點頭，在面前攤開的筆記本上寫字。

仔細一看，兩人中間攤開一本英文課本。和香意外流暢地唸著內文，指尖也順著文字走，接著流利地翻譯。「這裡的on是……」還溫柔地對花楓解說。

明明看起來是金髮辣妹妝的現代女高中生，功課卻很好，身上的制服也是橫濱偏差值高的千金學校，實在諷刺。

「豐濱妳為什麼在這裡？」

「姊姊說今天要在你家吃飯，我就跟來了。」

「不准跟來。離開姊姊獨立好嗎？」

和香去年秋天寄居在麻衣家，兩姊妹住在一起。要是她就這麼一直賴在這裡不走，會造成咲太極度的困擾。咲太家裡有花楓，很難得到和麻衣悠哉共處的空間。

「五年內都不可能。」

和香非常清楚地說出驚人的期限。

「五年是怎樣？開什麼玩笑？」

再怎麼說也太久了。

「因為比起回家，大學也是從姊姊家來回比較近。」

說來頭痛，最喜歡麻衣的和香放話說要和麻衣考同一所大學，換句話說，就是咲太立志要考的大學。

「唯獨報考的科系，千萬不要和我一樣啊。」

和香與咲太同學年，要是學系相同，會被搶走一個錄取名額。

「啊，可是，等一下……」

思考到這裡，咲太想到一件事。

「還是考同一個科系吧。」

「啥？你認為短短一年的時間，你的功課就會比我好？」

帶點挑釁意味的視線。咲太曾經請和香教他功課，所以學力完全被掌握了。不過，就算她功

課比較好，也不一定能理解咲太的想法。世間有許多事情無法以偏差值測量。

「不是喔，和香。咲太想在落榜的時候怪到妳頭上。」

或許該說了不起，麻衣輕易就看穿咲太的企圖。

「那我絕對要考不同的科系。」

「別講得這麼冷漠啦，小香，我們在同一個科系歌頌大學生活吧！」

咲太以粉絲用的綽號叫和香，和香隨即一臉非常厭惡的表情瞪過來。

看來捉弄她最好到這裡為止。

不只是和香忍耐極限的問題，咲太更在意從剛才就不時瞥過來的花楓。

兩人四目相對。

「歡迎回家。」

花楓慢了好幾拍才這麼說。

「啊～～我回來了。」

「……」

花楓的眼神像是想說些什麼，但她什麼都沒說。麻衣走出廚房，雙手從後方輕輕放在花楓的雙肩上。

「妳有話要對咲太說吧？」

麻衣說完，從肩頭看向花楓的臉。

花楓大大點了一次頭，然後站起來走到咲太面前。

「我……我……！」

聲音突然變大。房間角落的花貓那須野受驚而睜大雙眼，目不轉睛地觀察這裡。

「那……那個，我……」

這次她控制音量，抬頭看向咲太。

「我……還是想讀哥哥上的高中。」

花楓的聲音微微顫抖。

「我想讀哥哥的學校。」

雙眼充滿不安與緊張。

「我想……報考。」

即使如此，花楓直到說完最後一句話都沒有移開視線。雙手下意識地放在腹部握緊，至今仍在對抗不安與緊張。

「那麼，這個填一下吧。」

咲太以輕浮的語氣回應，並且從包包取出薄薄的Ａ４信封，放在花楓頭上。

「哥哥，這……這是什麼？」

花楓一臉不明就裡，朝信封伸出手。她從信封裡抽出一張有點厚的紙。

視線下移的花楓應該看到「入學申請書」這幾個字了。

「咦……咦？為什麼？」

「這是請友部小姐給我的。」

今天咲太不惜拒絕麻衣的邀約與美和子見面，就是為了這個。咲太要拜託美和子讓花楓考峰原高中。不過，美和子在這方面略勝一籌，在連鎖餐廳剛坐好，她就將申請書遞給咲太，還說她被咲太找出來的時候就知道要商量什麼事了……

在那之後，美和子說出內心複雜的感受。將做不到的事情明確告知做不到是大人的職責；尊重對方的意願同樣也是大人的職責……

然後她說考慮到今後，陪花楓一起走是她的職責……並將申請書託付給咲太。

「所以努力用功吧。」

「我會努力……我想拜託哥哥一件事。」

咲太大致猜得到花楓要說什麼。

「嗯？」

正因如此，他才裝傻。麻衣與和香的溫馨視線令他好不自在。

「希望哥哥教我功課。」

花楓露出沒什麼自信的為難表情，抬頭看過來。

咲太從一開始就決定要如何回應了。

「落榜也不准怪我喔。」

所以咲太只說完這些就回房換衣服。

房門只有半掩就脫掉制服。脫到剩一條內褲的時候，客廳方向傳來麻衣與和香祝福花楓站上起跑點的聲音。

只是這麼一來，就浮現一個重大的問題。

「國中的課程，我記得嗎……」

最擔心的事情是咲太自己的基礎學力。

第二章

緩步前進

1

燒杯裡的水開始沸騰，發出咕嚕咕嚕的聲音。一開始是慢慢一聲又一聲……隨著溫度繼續升高，變成氣泡的大合唱。

咲太看著考前練習的問題集，聆聽聲音的變化，並思考著關於能量守恆法則題目的答案……

此時，一個聲音朝眉頭深鎖的咲太搭話。

「我說啊，梓川……」

「嗯？」

被叫到的咲太就這麼抬起視線。坐在實驗桌正對面的，是咲太少數朋友之一——同年級的雙葉理央。

戴著知性的眼鏡，長長的頭髮往後束起。身高一五五公分的嬌小身體，今天也穿著制服加白袍。

「梓川，你不是要和櫻島學姊考同一所大學嗎？」

理央抽走燒杯下方的酒精燈，蓋上蓋子熄火。她嘴上對咲太說話，卻從剛才就沒看咲太一眼。既然在用火，就要小心火燭。不愧是已經下定決心要讓立志成為消防員的國見佑真失業。

「是啊，我說過吧？多虧這樣，我準備考試準備得好辛苦。」

麻衣挑選的志願偏偏只限國公立大學。中心測驗五科都要考，當然必須為五個科目做準備。

總之為了認清現在的實力，咲太也試著挑戰麻衣今年考的中心測驗題目，但結果不甚理想。

所有科目合計滿分九百分，咲太考五百零五分。答對率約百分之五十五。

如果這是學校的考試，感覺不是太悲觀的數字，但中心測驗似乎就是另一回事了。

實際上，參加今年中心測驗的麻衣私下改考卷的結果，滿分九百分拿了八百三十分，答對率超過百分之九十。

麻衣理所當然似的說某些科目要以滿分為目標，尤其是數學之類。看來咲太非得在明年的中心測驗拿下這輩子的第一個滿分。

咲太只拿下不長進的分數，但麻衣沒生氣，也沒露出傻眼的表情。

「咲太，你喜歡我吧……？」

她只露出聖母般的微笑，溫柔地這麼問……

這樣反而比較難受。

如果是這樣，麻衣生氣、傻眼或責罵還比較好，直接說「給我用功」還比較有救。

說來令人非常感恩，麻衣真的很清楚要怎麼對付咲太。

「看你好像沒察覺，我就以朋友的身分告訴你一件事。」

理央的聲音令咲太回神。

視線投向桌面，理央已經打開即溶咖啡粉的瓶子。在另一個燒杯放入適量的粉末，倒入用酒精燈燒的開水。冒出白色蒸氣之後，桌子周圍洋溢咖啡的香氣。

「什麼事？」

難道要說「考那所大學太魯莽了，放棄吧」這樣？不過，咲太認識的理央應該不會說這種話。如果會說，咲太一開始說要和麻衣考同一所大學的時候，她就會說了。

理央以實驗用的玻璃攪拌棒輕輕攪拌咖啡，終於抬起視線。兩人只在瞬間四目相對，但她立刻將視線落在咲太手邊。

「你看的那本問題集，是高中測驗用的。」

她以擔心的聲音這麼說。

咲太的視線也跟著理央落在手上的問題集上。從剛才就在看的能量守恆法則的題目，確實是考高中用的練習題。位能到動能的變換，國中程度的題目。

「你在各方面來說沒問題嗎？」

理央隔著鏡片，以看著可憐人的眼神看咲太。

「這是為了教花楓功課在預習。」

咲太闔上問題集，放在實驗桌上。封面大大印著「縣立高中測驗對策問題集」幾個字。

「聽你這麼說，我就放心了。」

理央喝一口剛泡好的咖啡。

「雙葉，妳是明知故問吧？」

「我是認為你應該不會搞錯啦……不過以你的學力水準，我無法否定你可能得從國中課程重新複習一遍。」

理央慢慢喝著咖啡，平淡地說出這種話。咲太注視理央的臉，她隨即將即溶咖啡的瓶子放到咲太面前。這是叫咲太用燒杯剩下的開水「自己泡來喝」的暗號。

咲太並不是想喝咖啡才懷恨般看向理央，不過機會難得，就恭敬不如從命了。

這是物理老師的私人物品，所以咲太狠下心來，泡一杯偏濃的咖啡。

今天是要上到第六堂課的星期五，一月二十三日，操場傳來棒球社吆喝聲的下午四點放學後。在暖氣夠強的物理實驗室喝咖啡，即使是即溶咖啡也挺奢侈的。這裡可以自由燒開水，各方面都很方便。

「不過，花楓小妹要考縣立學校啊。」

「嗯？噢，她說她想考峰原高中。」

「……」

咲太的回應使理央瞬間語塞。正因為知道縣立高中的報考系統，她才做出這個反應。一直沒上學的花楓沒有校內評鑑分數，背負這個不利條件報考峰原高中代表什麼意義，腦筋動得快的理央不可能沒察覺。

「這樣啊。那你也很辛苦耶。」

「妳幫了我很多喔。」

「……？」

理央的眼神投以「我做了什麼？」的疑問。

「之前妳有幫忙陪著一起念書吧？」

「夏天的事？你讓我住在你家那時候？」

暑假期間，理央曾經因故借住咲太家。

「嗯。」

「那時候是小楓啊。」

「就算不記得念書時的事，也記得念過的內容。」

多虧如此，理科與數學這兩個科目，花楓學得很快。

「所以，你今天是專程來講這件事啊。」

理央從桌子下方拿出科學社做實驗所需的道具這麼說。

「只是因為距離打工還有一段時間，就來鬼混一下。何況這裡可以喝免費咖啡。」

「有時間的話，找櫻島學姊一起過不就好了？」

「麻衣小姐從昨天就連日拍廣告，沒來上學。」

記得她說是去長崎的某個地方，今天傍晚之後才回來。長崎的土產是什麼？咲太首先想到的是蜂蜜蛋糕。

「哎，無論如何，還好不是又來找我討論思春期症候群。」

「啊～～關於這個……」

理央停下手邊的準備動作，視線移回咲太身上。這時咲太尷尬地轉頭看向窗外，結果——

「唉……」

理央誇張地嘆了口氣。

「梓川，你還沒得到教訓嗎？」

咲太並不是自願惹禍上身，所以理央這種說法令他感到遺憾。

「這次只是有點在意。我想應該不是思春期症候群。」

並沒有絕對的自信，所以想先聽理央的見解，多問也不會有損失。

「很難說。你在這方面完全不能信任。」

「我是說真的啦。」

「那我就多少聽一下你怎麼說吧。」

理央即使一臉不耐煩，依然以眼神詢問「發生什麼事」。感覺她想開始做實驗，所以要求咲太趕快說，但咲太決定裝作沒發現。

「夢見小學時代的麻衣小姐，妳認為這是什麼暗示？」

咲太正經地問完，理央先是移開視線，喝口咖啡，「呼」地嘆口氣，然後——

「我認為這是你即將去吃牢飯的前兆。」

她以冰冷的眼神說了。

「放心，絕對是現在的麻衣小姐比較好。」

對象是揹書包的小學生，咲太實在提不起勁。

「不過你光明正大地講這種話，我一點都沒辦法放心。」

「與其作夢，我寧願和現在的麻衣小姐共度作夢般的時光。」

「讓這個願望成真不就好了？」

「雙葉，妳說得真棒。」

一點都沒錯。因為麻衣真實存在，而且咲太正在和麻衣交往，不必刻意在夢中世界恩愛。

「好啦，說正經的，妳認為呢？」

一般來想會認為這只是夢，但咲太有著無法如此認定的理由。依照以往的經驗，不免會懷疑這是某種預兆或訊號，又有某個事件即將發生。

「這也無妨吧？」

對於這樣的咲太，理央回應得若無其事。

「什麼無妨啊？」

「我的意思是說，即使你作的夢是某種思春期症候群也不要緊。」

字面上看起來冷漠，但理央的語氣從容，像是樂在其中。

「何解？」

「無論發生什麼事，你都會想辦法解決。」

理央投向咲太的視線沒有調侃或開玩笑的意思，感覺得到她是真的這麼想。

「雙葉，妳把我當成什麼人了？」

「當成意外可靠的人。」

對於咲太這個問題，理央的回答率直無比。咲太有點吃驚。不過，理央太看得起他了。

「畢竟你就是一路做到了這麼多事啊。」

「我自己做到的事少得可以喔。」

造就「現在」的人不是咲太，是咲太憧憬的一名女性，一名女生，一名女孩。她的勇氣為咲太打造出名為「現在」的幸福時光。

「而且雙葉，可靠的是妳吧？」

咲太說到這裡起身，把燒杯剩下的咖啡一口喝光。

「感謝招待。」

雖然時間還有點早，但咲太決定去打工。因為要是繼續和理央聊下去，可能會被說一些更令他全身發癢的事。

2

比預定時間提早一些離校的咲太，在下午超過四點半的時候抵達打工地點——藤澤站附近的連鎖餐廳。

「妳好。」

向收銀台的兼職阿姨打過招呼之後，進入餐廳後面換裝，迅速換上服務生制服。

整理好服裝儀容的咲太到休息區，設置在房間角落的打卡鐘顯示四點四十五分。距離打工開始的時間還有十五分鐘。

以往這種空閒時間，咲太都是坐著發呆度過。不過，這天的他不一樣。

「看一點吧……」

咲太從收進置物櫃的書包取出一本新開本尺寸的書。他拿著這本書，坐在休息區的圓凳上。

「唉……」

咲太嘆著氣打開的這本書是英文單字本，收錄的單字共一千四百個，是還沒有摺痕的新品。

這也是當然的，因為咲太前天才從麻衣那裡拿到這本書。麻衣工作回家之後打電話過來，咲太就這麼乖乖被叫到公寓門口，然後麻衣露出可愛的笑容說「這是我送的禮物」並給他這本書。

咲太沒想到居然是單字本，所以毫無戒心地收下。

「先用三個月背下這本書的單字。」

「不會太多嗎？」

翻閱的這本單字本厚達三百頁以上。

「我每週會抽考，確定你有沒有背熟。」

「如果考得好，會給我獎勵嗎？」

「如果考不好，會給你懲罰。」

「這在某方面來說也難以取捨耶。」

咲太不小心說出真心話，麻衣隨即以莫名溫柔的表情看著咲太。多虧這樣，咲太沒能繼續耍嘴皮子。不過以咲太的立場，他說這番話當然百分之百是認真的……

就這樣，雖然花楓的考前準備也很重要，但咲太同樣得為自己一年後的大學考試做準備。

雖說還有一年，不過必須有效活用零碎的空檔，否則到正式上場就來不及了。

班導也說過很多學生大概從二年級的夏天就開始準備了。因為比別人晚起跑，得下定決心好好用功……

先把第一頁的單字裝進腦袋。左邊是英文單字，接著是單字的意思，右邊是實際使用單字的例句，所以很好懂。

將附的紅色塑膠板蓋在頁面上就看不到紅字印刷的單字意思，可以實際確認自己是否背下來了。沒背好的單字再度在腦中複習，烙印在腦海。

反覆相同的程序，先背了六頁的分，合計約二十個。麻衣規定的進度是一週約一百個單字，所以一天背這些應該夠了，再來就看明天是否還記得。

「總之，晚上睡覺前再確認一次吧。」

明天的事情要到明天才知道，所以只能交給明天的自己。

思考這種事的時候，休息區外面響起門開啟又關上的聲音。大概是有人走出女更衣室吧。

不久，某人的氣息進入休息區。這股氣息來到咲太身旁，吃驚般呼了一口氣。

「……學長，你在做什麼？」

停頓好久才出聲這麼問。女生的聲音。咲太不用看臉確認也知道對方是誰。宇宙再怎麼浩瀚

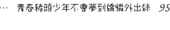

無垠，這個世界上會稱呼咲太「學長」的人也只有一個。同校一年級的學妹，也是打工同事，古賀朋繪。

「我看起來在做什麼？」

咲太的注意力就這麼繼續放在單字本上，反問朋繪。

「看起來在念書。」

朋繪說得一副難以置信的樣子。

「正確答案。」

「……」

明明已經回答了，卻再度從沉默的朋繪那裡感受到疑問的視線。咲太不得已只好抬頭一看，發現朋繪呆呆張著嘴站在身旁。

「瞧妳表情這麼可愛，有什麼問題嗎？」

「不……不准說我可愛！有問題的是學長吧！」

「我哪裡有問題？」

「原來沒自覺啊。腦袋還行嗎？」

真沒禮貌的說法。不過這種程度的拌嘴是家常便飯，咲太不會生氣。放下顧忌到這種程度反倒比較好相處，因為咲太也同樣可以毫不客氣，想說就說。

「我的學力不太行，所以正在念書。」

看向打卡鐘，再兩分鐘就是上班時間了。咲太闔上單字本，從圓凳起身。將單字本收進置物櫃。

「學長，你要念大學？」

此時，朋繪隔著休息區的置物櫃問。

「考得上就會念。」

說來遺憾，只憑「想念大學」的誠意並不會獲准入學，必須具備相應的學力與一點都不便宜的學費。

「打工呢？要辭掉嗎？」

咲太關上置物櫃的門，回到休息區。朋繪微微噘嘴看著他，像是不高興、鬧彆扭的表情。不過，她立刻撇過頭去。

「反正我沒差。」

她擅自結束話題，前去打卡，也幫咲太打了卡。她就這麼走出休息區，到餐廳外場。咲太跟在她身後。

「我會繼續打工喔。畢竟動不動就需要錢。」

咲太朝著朋繪背後回答剛才的問題。

「這樣啊。」

帶點笑意的輕快聲音。

「妳在笑什麼？」

「我……我沒笑！」

朋繪轉頭向後，稍微鼓起臉頰。

「居然嘲笑擔心學費的我，真過分。」

「我笑不是因為這種原因。」

「什麼嘛，妳剛才果然在笑啊。」

「我……我沒笑！受不了，學長真令人火大！」

朋繪臉頰愈鼓愈大，重新面向前方，大步走到外場，立刻就開始收拾客人剛走的餐桌。「學長真的是……」而且繼續碎唸，抱怨咲太……

「我說啊，古賀……」

「學長也別摸魚，快點上工啦。」

朋繪俐落地動著手，將餐桌上的盤子疊起來。用力伸長小小的身體，以酒精消毒擦拭四人座的大餐桌。

「上工之前，我要講一件重要的事。」

「什麼事？反正是奇怪的事吧？」

朋繪維持朝桌面探出上半身的姿勢，轉頭看過來。她的眼神在懷疑咲太。

「哎，就某方面來說，確實是奇怪的事。」

「真是的，所以是什麼事？」

聽朋繪這麼問，咲太視線稍微往下，剛好落在朋繪的臀部……

「妳的裙子，太繃了吧？」

「！」

朋繪連忙起身，重新面向咲太，同時用雙手遮住屁股。

「都隱約看見內褲痕跡了。」

站直的話沒問題，但如果往前傾要擦桌子，裙子就會被拉緊，清晰地露出臀部的圓滑線條。

「妳……又變胖了？」

「沒變胖啦！而且為什麼說『又』！」

「剛過完年那時候，妳不是大呼小叫說體重增加了嗎？」

「還不是因為學長虧我臉變圓了！」

「是嗎？」

「而且，我確實瘦下兩公斤了。」

朋繪一副「給我看清楚」的眼神瞪向咲太。

「就算妳這麼說……」

咲太視線下移到裙子，這是在看朋繪的腰身。但咲太真正想看的是屁股。

「這……這也沒辦法啊！」

「哪裡沒辦法？」

「就……就算體重減輕，也只有屁股沒縮小啦！」

為什麼要我講這種話？朋繪滿臉通紅地輕聲抗議。

「這樣啊。不過，哎，這樣才是妳的特色，不是很好嗎？」

「我在學長眼中有什麼特色？」

「就說了，屁股……」

「受不了，真的氣死我了！難以置信！」

「光明正大地妨害風紀的妳才令人難以置信。」

咲太的視線再度下移到朋繪的腰身。

「不要看這裡啦！」

在意的朋繪將圍裙部分的布料拉平，阻擋視線。

「去跟店長講，把制服尺寸換大一點吧。」

「絕對不要。」

明明是最佳建議，朋繪卻斷然拒絕。

「瘦身效果肯定很快也會反映在屁股上，馬上就會變小。」

「那麼，妳今天負責收銀跟點餐就好吧。啊，妳看，三號桌的客人要走了。」

離席的客人走向收銀檯。

「餐具我來收。」

「學長這一點真的是……」

朋繪視線往上瞪過來。與其說在生氣，不如說是在鬧脾氣。

「我的這一點怎麼了？」

「沒事。」

朋繪撇過頭，轉身面向收銀檯的方向。

「來了。」

她一邊招呼客人一邊離開咲太，而且有點在意自己的臀部……

帶位、點餐與收銀交給朋繪，所以空餐桌的收拾與設置，以及補充紙巾與玻璃杯等經常往來於內外場的工作就由咲太適度完成。

像這樣勤快地做著符合時薪的工作量約兩小時，過了晚上七點，第一輪的客人也用餐完畢的時候……

「學長，方便借點時間嗎？」

朋繪對咲太說。

「真快。屁股瘦身已經成功了？」

「學長，你老是講這種話，當心有一天會被告喔。」

咲太轉身一看，朋繪板著臉在等他。

「應該沒問題。」

「哪裡來的自信？」

「我只會對妳講這種話。」

「這樣我一點都不會高興！」

朋繪臉頰漲紅，一副激動的樣子。

「別這麼害臊啦。」

「我沒在害臊！」

「但妳臉很紅啊。」

「這是在生氣！」

「臉不要氣得這麼圓，屁股圓就好。」

「我真的會變瘦給你看！到時候要連之前的分一起道歉喔！」

朋繪以又羞又氣的眼神瞪向咲太。

「等妳變瘦再說。」

至今究竟聽朋繪宣稱要減肥幾次了？感覺還不知道她減肥成功還是失敗，就又聽她宣稱要減肥。在咲太的認知當中，朋繪總是處於減肥的狀態。這已經是平時的狀態了。

「總之，先不管妳的體重……」

「既然不管就不要動不動就拿出來講啦！」

「妳有事找我吧？」

「啊，對喔。過來一下。」

朋繪像是回想起來般說完，走向外場。

「快點啦。」

她察覺咲太還愣在原地，便招手示意。

「怎麼了？該不會來了什麼有趣的客人，忍不住想叫大家去看？」

咲太不得已，也跟著朋繪到外場。大致環視店內，沒看到什麼有趣的客人，頂多就是嘻嘻哈哈聊戀愛八卦的四個高中女生比較引人注意。除此之外，只有坐在四人桌同一邊的年輕情侶、正用筆電工作的白領族，以及把連鎖餐廳當居酒屋喝酒的一群大叔。

「能稍微讓我的人生變繽紛的有趣客人在哪裡？」

「就是門外的客人……」

朋繪在收銀檯旁邊看向店門口，透明玻璃門外側。咲太視線移過去，看見一個戰戰兢兢走向門口的人影。稍微縮著身體，看起來沒什麼自信。人影停在門口不遠處，然後觀察店內，這舉動像是確認有沒有危險的小動物。還以為會就這麼進入店內，卻撞見正要走出店門口的客人，便逃也似的遠離門前。

長裙加大衣的寬鬆輪廓；剪齊及肩的頭髮；年齡大約是國中生。咲太對這個人物有印象，應該說熟到不能再熟。因為這個人影是住在同一個屋簷下的親妹妹，他當然認識。

不過，正因為是熟到不能再熟的妹妹，這幅光景令他覺得不可思議。

為什麼她會在這種地方？這個單純的疑問掠過腦海。

甚至一度以為是自己看錯。

花楓外出就是這麼稀奇。

到了今年，花楓好不容易可以正常到國中上學，但是除此之外的時間都窩在家裡。這是她的日常生活。

「她剛才就像是想進來卻進不來，讓她進來比較好嗎？」

「我來吧。因為她是我妹。」

「咦，妹妹？對喔，學長有妹妹……」

咲太聽著身後朋繪驚訝的聲音，大步走向店門口，就這麼開門出去。大概是被門的聲音嚇到，背對著的花楓肩膀一顫。

「花楓。」

咲太呼喚沒什麼自信的害怕背影。花楓身體再度一顫，然後緩緩轉身面向咲太。

「啊，哥哥。那個，這是……」

「妳是一個人來的？」

不等花楓回應，咲太就得到這個問題的答案。因為他發現停在一旁停車場的車子後方，有個就像在守護花楓一樣站著的人影。

是麻衣。平時大多任憑筆直垂下的黑色長髮今天綁了辮子，還戴上喬裝用的平光眼鏡。

「什麼嘛，麻衣小姐也在啊。」

看來已經從連日的廣告拍攝工作回來了。

「『什麼嘛』是怎樣？沒禮貌。」

麻衣佯裝不悅地走過來，捏了咲太臉頰一把。

「麻衣小姐在我打工的時候也肯這樣理我，我好開心喔。」

率直的喜悅化為言語。

「有空位嗎？」

不過，麻衣的反應很平淡。明明希望她多多理會，她卻立刻放開咲太的臉頰，注意力不是落在咲太身上，而是咲太身後……確認店內的用餐情形。

「有空位喔。」

今天客人來得比較少。即使不是假日，晚上六點到八點左右也經常有人候位，但現在不用等就可以入座。

「請進。」

咲太說完開門，邀請麻衣與花楓入內，從留在收銀檯旁邊的朋繪手中接過兩份菜單，走向餐廳裡頭。

花楓一臉緊張地跟在咲太身後，微微低頭，卻不時在意周圍……麻衣像是要讓這樣的花楓安心，不只是緊跟在她身後，還將雙手放在她的肩膀上。

咲太帶兩人來到店內最靠裡面的四人桌，只要坐下就不太會引人注意的座位。

「坐這裡可以嗎？」

「好的。」

麻衣讓花楓坐下之後，一邊留意長長的裙襬一邊就坐。

「請看菜單。」

手上的菜單給麻衣與花楓一人一份。「我現在去拿水跟濕毛巾過來。」咲太知會之後暫時離開桌邊。

就如同他所說的，他準備了水與濕毛巾回到麻衣跟花楓坐的桌位，擺在兩人面前。麻衣說了聲「謝謝」，投以微笑；相對的，花楓縮起身子，不時抬起視線確認店內。她在意的是其他客人的視線……

大家各自忙著聊天，沒人往這裡看。

「妳這樣戰戰兢兢，反而容易令人在意喔。」

「因……因為，這種地方，我只跟爸爸媽媽來過，我不習慣……」

花楓以眼神訴說自己不知道該怎麼做。

「正常坐著就好啦。何況大家要注意的話也是注意麻衣小姐，不用擔心。」

「唔，嗯，說的也是。」

花楓接受般如此回應，但背脊依然打不直，努力讓自己盡量變小。

「花楓，沒事的。這個座位，其他客人幾乎看不到。對吧，咲太？」

所以才選這個座位吧？仰望咲太的麻衣視線這麼說著。

「哎，算是吧。」

花楓大概是因而稍微放鬆，終於抬起頭，打開菜單翻閱。看起來很好吃的料理照片當前，表情從容多了。

「話說，怎麼會突然過來？」

咲太問花楓這個單純的問題。

「並不是突然啦……」

花楓一邊看菜單一邊像在辯解似的說了。

「那個……」

接著，她求救般看向麻衣。

麻衣打開義大利麵的頁面，說著「我要這個，還有這道沙拉」，迅速向咲太點餐。

「我有買長崎的土產，所以去了你家一趟，然後聽花楓說你在打工。」

接著說出這個令人似懂非懂的理由。

「花楓說她還沒吃晚飯，我問她想吃什麼，她說想去你打工的地方看看。」

「是嗎？」

咲太不知道花楓對他打工的地方感興趣。

「下……下週要繳申請書吧？」

「噢，對耶。」

感覺離題離好遠。

「畢竟得自己拿去學校……想說可以當成外出的練習。」

咲太從美和子那裡收下申請書的時候，聽她這麼說過。繳交申請書要由本人確認，所以必須親自過去。說來意外，不能以郵寄方式繳交。

咲太明明兩年前也做過相同的事，卻不太記得繳交申請書當天的狀況。大概是拿到賓客專用出入口那裡的學務室，早早就完成繳交程序，所以想留在記憶裡都留不住。

對咲太來說，就只是這種程度的事。

不過，對連外出都是一件大事的花楓來說，必須進行這方面的練習。沒繳交申請書就無法報考，這是比念書還重要的問題。

「不過，雖說有麻衣小姐陪著，但妳居然順利過來了耶。」

「比起穿制服外出好一點。不過車站前面好多人，我有點怕……」

花楓像是要為自己打氣般擠出笑容。看到她勇敢的樣子，咲太不由得開口：

「這樣啊。妳好努力。」

「唔，嗯。」

咲太如此稱讚之後，花楓開心地笑了。這次不是硬擠出的笑容，是情緒如實地運作，放鬆臉頰的感覺。不過，大概是立刻覺得不好意思，花楓視線落在菜單上，選擇要吃什麼。

「也謝謝麻衣小姐陪她來。」

「不用客氣。」

「花楓，決定吃什麼了嗎？這頓我請客當鼓勵。」

仔細一看，她來回翻著蛋包飯與聖代的頁面。

「現在是吃晚餐，就蛋包飯吧。」

「聖代我只是看看而已啦……」

聲音愈來愈小。花楓眼神閃亮，所以絕對不是看看而已。總之先在點餐機輸入義大利麵、沙拉與蛋包飯。

姑且按照準則確認餐點之後，咲太行禮離開麻衣與花楓的桌位。還有其他客人，所以不能一直聊天。

咲太將完成的料理端到麻衣與花楓等待的桌位，發現花楓正在念書。

她打開數學問題集與筆記本，麻衣正在教她函數的解法。

花楓認真聽麻衣講解，連咲太走到身旁都沒察覺，很專心。

「兩位久等了。」

等到練習題解完，咲太才這麼說。

花楓嚇一跳地抬起頭。

「這是蛋包飯。」

咲太遞出餐盤，花楓就闔上問題集與筆記本並移到旁邊，騰出來的空間擺上一盤蛋包飯。軟嫩帶著光澤的黃色蛋包，淋在上面的牛肉醬汁傳來令人食指大動的香味。

看到擺在眼前的蛋包飯，花楓忍不住輕聲說：「看起來好好吃。」

咲太也在麻衣面前擺上義大利麵與沙拉。

「花楓，吃吧。」

「好……好的。」

「我要開動了。」

「我要開動了。」

在麻衣催促之下，花楓朝蛋包飯動起湯匙，藏在蛋包裡融化的起司再度刺激食慾。花楓舀起一匙，以有點緊張的表情送入口中。

隨著咀嚼的動作，緊張的臉頰逐漸放鬆。

看起來好幸福的表情。

以連鎖餐廳的蛋包飯就能打造出這樣的表情，花楓真好養。

再吃一口。像是回憶最初的美味，這次慢慢品嚐。拿湯匙的手沒停過，臉上充滿笑容。

咲太感到溫馨地欣賞時，腦中忽然喚醒「楓」的笑容。總是竭盡所能在咲太面前常保笑容的另一個妹妹。咲太沒能讓「楓」吃到這裡的蛋包飯，腦海掠過想讓她吃吃看的想法。

她肯定會很高興、很開心，還會說著「臉頰好像要掉下來了！哥哥，楓的臉頰還在嗎？」這種話。

不過，咲太再也不會看見這幅光景；咲太想聽她聲音的願望再也不會實現。胸口傳來的刺痛，正是這兩年來「楓」確實存在過的證明……

並不是後悔，也不是受到煎熬的心情折磨。

花楓像這樣慢慢敢外出，也努力準備考高中。正因如此，咲太更想珍惜和「楓」共度的那段時光。如此而已。只是感到欣慰，又帶點惆悵。如此而已……

「哥哥？」

「嗯？」

咲太聽到呼喚而回過神來，發現花楓一臉為難地仰望他。

「哥哥這樣看，我吃得很不自在。」

花楓像是不好意思，嘴唇微微動著。

「沒問題，別在意。」

「我不知道什麼事沒問題，而且我會在意。哥哥，你剛才好像在發呆，怪怪的。」

「是嗎？我每天應該都是這樣喔。對吧，麻衣小姐？」

咲太裝作若無其事，撒嬌似的看向麻衣。

麻衣的嘴剛好吸入一條義大利麵。她伸手拿紙巾，輕輕擦拭嘴脣。

「是啊，咲太每天都是這樣。」

麻衣同意了。徵求同意的自己講這種話不太對，但咲太開心不起來。

「……」

不過，花楓好像還沒接受，目不轉睛地觀察咲太。

「難道說，哥哥……」

花楓想說些什麼，卻只說一半就低下頭。

「什麼事？」

「……還是當我沒說吧。對……對了，哥哥明天跟後天也要打工嗎？」

花楓露骨地轉移話題，視線也朝向沒吃完的蛋包飯。以湯匙舀起雞肉炒飯與蛋包的她，側臉看起來有點消沉。

明天是星期六，後天是星期日。

「兩天的白天都要打工。」

「這樣啊……」

「所以，晚上再念書吧。」

花楓默默點頭。

「那麼，白天和我一起念書吧？」

麻衣向花楓如此提議。

「咦，麻衣小姐，妳不用工作嗎？」

「安排的攝影工作改行程，六日連兩天休假。本來想挑一天和你約會，但你要打工，就沒辦法嘍。」

麻衣歪過腦袋，故意由下往上注視咲太的臉。總覺得這個動作暗藏玄機。或許是咲太說的「謊言」穿幫了。正因為領悟到這一點，咲太沒能從麻衣身上移開視線。

「既然這樣，早知道就不排班了。」

咲太說完極度消沉。實際上，能約會的機會報銷一次真的很可惜，這份心情是真的。

「那個……可以拜託妳嗎？」

花楓以有點緊張的表情詢問麻衣。

「嗯，當然。」

麻衣以溫柔的笑容回答之後，花楓也開心地笑了。

花楓和麻衣約好一起念書的這時候，咲太離開兩人的桌邊。

有客人要結帳，所以先去收銀檯。朋繪正在送餐。
「好的，剛好不用找零。歡迎再度光臨。」
目送帶著孩子的客人離開之後……
「學長，你星期日沒排班吧？」
送完餐的朋繪走了過來，接近到可以講悄悄話的距離。
「什麼嘛，古賀，妳偷聽啊？」
「只是湊巧聽到啦。」
臉頰鼓鼓的，大概是裝滿了對咲太的不滿。
「少在別人面前講『蛋蛋』比較好喔（註：「湊巧」與「蛋蛋」日文音同）。」
「唔哇，學長爛透了。」
朋繪以瞧不起的眼神看向咲太。冰冷的雙眼，不過坦白說，缺乏魄力。說到這種表情，沒有女生贏得了麻衣。咲太每天承受的視線是足以凍結的強度，朋繪的視線只算得上溫水。
「為什麼要對櫻島學姊跟妹妹說謊？」
「當然是因為有些事情瞞著比較好啊。」
確實如朋繪所說，咲太後天星期天沒排班。應該說原本有排班，但因為有別的事情，所以找佑真代班。

「是要……劈腿？」

朋繪的眼神像是看到髒東西。

「明明有全世界最可愛的女友，為什麼要浪費力氣劈腿？」

「以學長的狀況來說這是事實，所以完全不好笑。」

朋繪露出打從心底覺得無趣的表情。這正是冷場的感覺吧。不過咲太並不是在開玩笑……只是說出浮上心頭的事實。就某方面來說，這也是客觀的事實，所以朋繪才會乾笑吧……

「知道了啦。我請妳吃擔擔麵套餐當遮口費。」

附兩塊炸雞與一碗飯，分量滿點又有點少見的組合。

「這是這間店熱量最高的套餐！」

「為了讓妳維持妳的特色，熱量是必需品啊。」

「學長，算我拜託你，讓我揍你一拳。」

「啊，我也要拜託妳一件事。」

「什……什麼事？」

朋繪明顯提高警覺。

「幫我準備一份草莓聖代。」

冬季限定的一道料理。以滿滿草莓點綴的擺盤，是花楓剛才看到忘我的主打甜點。

「就說了，那個也是滿滿熱量啦！」

「這可不是妳的分喔。」

「不然是怎樣？」

「等我妹吃完蛋包飯，幫我端到她那一桌。我先點好。」

咲太對朋繪這麼說著，輸入點餐機。

今天她努力來到這裡，獲得這種程度的獎賞，老天爺也不會計較吧。

3

兩天後的星期日，一月二十五日。

這一天，咲太對花楓說「我去打工」，在太陽東升不久的上午九點出門。

他前往徒步約十分鐘距離的藤澤站。可以轉乘三種電車的市中心，今天也是人來人往。

咲太打工的連鎖餐廳從咲太家走過去要經過車站。不過咲太在車站前面就停下腳步。

在小田急江之島線的驗票閘口刷卡進站。走到月臺角落，搭上停在一號月臺開往新宿的特快車。

如果在平日，是擠滿通勤上班族與上學學生的時段。今天是星期日，座位沒多少人坐，咲太得以輕易找到位子。

到了發車時刻，鈴聲響起。門發出「噗咻～～」的聲音慢慢關上。

電車一起步，咲太就從包包拿出單字本，逐頁確實記下英文單字。記了好幾頁之後，以紅色塑膠板遮住字母的意思背誦。背得起來就往後翻，背不起來就重來一次。

專注地反覆這麼做約一小時。背好四十頁單字的時候，電車抵達終點新宿站。

將單字本收進包包下車。

無論往左還是往右看，都是滿滿的人。

咲太看向導覽板，確認南門驗票閘口的方向之後踏出腳步。

看到目標驗票閘口時，也發現在外面等待會合的對象。淡色外套加同色窄裙。這套服裝感覺像是來參加教學觀摩的時尚媽媽。等待咲太的是輔導老師友部美和子。

咲太走出驗票閘口時，美和子也發現他，接近過來。

「有沒有迷路？」

「到這裡不用轉車啊。」

「我是問有沒有在車站迷路。你這個性有時候很麻煩耶。那麼，我們走吧。」

美和子笑著單方面說完，不等咲太回應就踏出腳步。走出車站，往代代木方向前進。咲太默默跟在她身後。車站周邊人潮一樣多，很難好好並肩而走。

從大馬路轉進小路，咲太終於走到美和子身旁。

「明明是假日，謝謝妳陪我過來。」

「別在意。因為我本來也想找你參加學校說明會。你主動這麼說，幫了我大忙。」

這正是咲太專程搭一小時的電車來新宿的原因。

學校說明會。

當然不是峰原高中的說明會。

是之前討論的時候，美和子提議的函授制高中說明會。

「說真的，花楓自己來會比較好。」

「這樣當然是最好，但你現在不是想讓她專心準備縣立高中考試嗎？」

「友部小姐，妳說過反對她考縣立高中吧？」

「是以輔導老師的身分反對。」

美和子說完瞥向咲太，有些為難似的笑了。美和子也不想對花楓說得那麼壞心。她基於自己的立場，必須以大人的身分說出現實的意見……

花楓若能如願升學，美和子也認為這樣最好。如果可以每天開心地就讀全日制學校，她認為這是好事。雖然這麼認為，但美和子應該要說「我反對」，所以她在那時候斷然這麼說了。

「這方面我相信友部小姐。」

「謝謝。能聽你這麼說，我也覺得自己稍微派上用場了。」

等待車流中斷之後過馬路。咲太不清楚該怎麼走，只跟著美和子前進的方向走。

「花楓準備考試好像很順利。」

「她很努力喔，昨天也念書到很晚。」

咲太白天打工下班回家之後，花楓一直用功到凌晨。咲太晚上十點多做飯糰給她當宵夜，過了深夜一點，花楓房間的燈依然亮著。

過了兩點，咲太在門外叫了花楓，但是房內沒回應。開門一看，花楓趴在書桌上睡著了。

咲太好不容易抱起花楓，讓她躺在床上，然後也回到自己的房間睡覺。

「不過，感覺她努力過頭了，應該說很勉強自己。」

咲太擔心她可能會在正式應考之前弄壞身體。

「既然知道，要不要提醒一下？」

「現在對她說什麼，她都不會聽啊。」

竭盡所能地努力成為花楓心目中最重要的事。要對花楓說「這是錯的」很簡單，但咲太不認為現在對花楓的努力潑冷水是正確做法。

順從自己的想法與意願盡力而為是一件有意義的事。要是聽別人說這麼做是白費力氣，不清楚箇中意義就放棄，恐怕無法以自己的雙手獲得任何東西，感覺在真正重要的時候將提不起幹勁。咲太不希望花楓成為這樣的人。

「所以，你也贊成花楓考高中啊。」

感受到一旁投來意味深長的視線。正如推測，美和子瞥向咲太，眼神像在試探……

「你認為考得上嗎？」

「我希望她考上。」

美和子進一步詢問。

咲太間不容髮地回答。

美和子輕聲一笑。

「咲太，你的回答真的不可愛耶。」

她肩頭輕顫，大聲笑了出來。

「我認為花楓也早就知道很難考上了。」

「嗯。」

「明知很難，但還是實際報考，面對結果，否則不會放棄。只是這樣而已。」

即使理性這一面理解現實，感性卻追不上的例子比比皆是。如果沒有出現結果，就無法完全扼殺「或許有機會」的想法。機率再低依然會被期待的心情束縛，這就是人類。

一旦萌生這種念頭，在行動之前、嘗試之前，無論如何都無法放開這個可能性。

不只是花楓，咲太也是如此。

所以，就算從現實面來看只覺得是有勇無謀，花楓依然想考高中的這份「願望」，咲太優先接受。

咲太不知道這是不是正確的決定。或許是錯的。即使如此，比起聽大人說「這麼做是對的」，內心完全沒接受就聽話行事來得好。咲太認為對花楓來說，自己判斷、自己跌倒、自己爬起來，才是真正有意義的經驗。

「考試的結果，可能會害花楓受傷啊。」

「到時候，我姑且會以哥哥的身分安慰她。」

「你已經有負起這個責任的覺悟了啊。」

「沒那麼誇張，我覺得做哥哥的這樣應對很正常。」

「我說的絕不誇張，我不認為高中生這樣應對很正常。咲太，你真的是高中生嗎？」

「如您所見，是生龍活虎的高中二年級。」

「但我認為真正的高中二年級不會用『生龍活虎』這種字眼喔。好像大叔。」

美和子看著咲太笑了。

「咲太是個好哥哥耶。」

然後她一邊笑一邊愉快地這麼說。

「我覺得如果我真的是好哥哥，就不會讓友部小姐費心關照了。」

「咲太，你當老師該有多好。」

美和子這句話說得突然。

「啊？」

無視於對話走向的這句話使得咲太不禁率直地反應。

「你要念大學吧？要不要考教師執照？」

美和子不理會困惑的咲太，逕自說下去。對她來說，這像是符合邏輯、自然的對話走向。

「為什麼我……」

「因為我覺得你適合。」

即使美和子隨口這麼說，咲太也完全沒有共鳴。

「我不要。」

「為什麼？」

「感覺很麻煩。」

咲太無法想像自己怎麼跟講不聽的學生溝通。

「那麼，你將來有什麼志願嗎？」

「我預計要給女友包養。」

「想吃軟飯啊～這也很像你的作風耶。」

咲太明明是在開玩笑，美和子卻莫名能夠接受，哈哈大笑。

「啊，咲太，等一下。」

「我的將來不用再說了吧？」

「不是啦，學校在這裡。」

美和子說完停步。這裡是一樓開咖啡廳與蕎麥麵店的平凡分租大樓。紅磚風格的設計，從一樓仰望，感覺有三到四層樓。

乍看不像學校，不過入口玻璃門貼著寫有「學校說明會會場」的紙。

進入和學校形象不同的建築物，咲太有點懷疑「真的是這裡嗎」，搭電梯到三樓。

在三樓，寫著「說明會會場方向」的導覽板迎接咲太與美和子。按照往右的箭頭指示，在走廊往右轉，隨即看見長約十公尺的走廊前方是一間寬敞的房間。日光燈照得明亮的樓層。

入口站著一名穿套裝的年輕女性。

「說明會在這裡，請進。」

她如此招呼兩人。親切溫柔的笑容，年紀大概二十五歲吧，胸前別著寫有「教員」的牌子。乍看不像老師，但她好像是這裡的老師。

「我來帶位。」

她笑咪咪地帶著咲太與美和子到空位就坐。

「大約十幾分鐘後開始，請稍待。」

客氣地告知之後，小跑步回到入口。

「那位老師好年輕。」

「是你喜歡的型？」

美和子嘴角一揚，像是在調侃咲太。

「我高中的老師大多是大叔跟大媽，所以很羨慕。」

咲太無視於她的調侃，聲音壓抑情感，平淡地回答。

或許是年齡相近使然，從剛才的女老師身上感覺不到嚴謹的氣息。話雖如此，態度也不會太隨便，以絕佳的距離感接待，同樣帶著笑容引導下一對親子。

咲太與美和子坐的三人長桌旁邊，坐著四十幾歲的父母以及和花楓年紀相仿的男生。

感覺是學校教室三到四倍大的說明會會場裡，這個年紀的親子檔聚集了約三十組以上。父母與孩子；男生與女生。

所有孩子看起來只像是普通的國中生，和父母來到陌生的場所，似乎不知道視線該放在哪裡而感到傷腦筋。大概是隱約感覺場中氣氛不適合玩手機，全都坐著不動，表情有著符合年紀的稚嫩與緊張感。

不過，既然來到這裡，就表示基於某些理由，考慮選擇函授制的高中——包括積極與消極的理由……

咲太覺得在這股寧靜之中，隱含著從這種內情透露出來的獨特緊張感。

像這樣觀察周圍狀況，十幾分鐘的時間比想像的還要快經過。掛在柱子上的大時鐘指針走到整點。

此時，剛才引導咲太與美和子的年輕女教員走到台前。

『那麼，時間到了，開始進行說明會。』

聚集到這裡參加說明會的所有人不經意地坐正。

『首先請樽前校長致詞，說明本校設立的經緯與理念。那麼校長，請上台。』

在年輕女老師的引導之下，一直站在室內角落等待，身穿暗灰色西裝的男性走到台前。雖然臉孔看起來還年輕，但仔細看會發現頭髮斑白，大概是四十五到五十五歲之間吧。

他接過麥克風，首先向會場行禮。確認開關打開之後，將麥克風拿到嘴邊。

『非常感謝各位今天前來參加本校的說明會，我是校長樽前。』

校長簡單自我介紹之後，先提到這裡是創校還不滿兩年的新學校，剛設立的高中。關於學校現在還不夠成熟，校長沒有刻意含糊帶過，毫不隱瞞說明這個事實。

他說因為實績不足，對於考慮入學的學生或父母來說應該是一大不安要素。

以此作為開場白之後極力說明：「年輕」就是這所學校最大的特徵與一大魅力。

『我們認為正因為是新創立的學校，正因為是還年輕的學校，所以能打造出符合現今時代的新型教育。時代瞬息萬變，在二十年前，沒人想像得到大家隨身攜帶智慧型手機的網路社會會來臨。有什麼不知道的事，立刻就查得到，買東西也是在任何地方都能在手邊完成。利用社群網路，隨時都能聯繫親朋好友。我們的生活在這二十年應該大幅改變了。不過，學校教育的型態又如何呢？恐怕從父母親那個時代，從更早的世代開始就沒什麼變。以前的做法，依然如故的教育型態仍被視為「理所當然」、「大家都這麼做」，一成不變地延續到現在。在全日制的學校，三四十人聚集在同一間教室，每天共度相同的時間，上相同內容的課。這三四十名學生明明具備三四十種不同的理解能力與個性才對。當然，我想某些品格必須在這樣的環境下培育，也確實有學生適合全日制的環境，我們不否定這種學習環境本身。不過，我們想為各位提供高中升學的另一個選擇，提供新的教育、未來的學舍……我們認為有能力提供這種選擇，所以設立本校。』

校長不時慎選言辭，覺得不足的部分就多用幾種表達方式繼續說明。他的雙眼總是逐一看著參加說明會的家長或未來的學生。過程中，咲太也和校長視線相對。

『在本校，高中畢業資格所需的基本課程，學生們能以各自的步調學習。教學影片可以從電腦或手機觀看，所以不只能在家裡上課，到咖啡廳或連鎖餐廳也能上課。我們備妥專用的課程規畫，每天花一個半小時左右的時間學習，並且定期繳交作業，就可以取得高中的畢業資格。不必每天從早上到學校上課到傍晚，課程進度都能以自己的步調進行。』

聽起來好令人羨慕。每天學習一個半小時，換算成峰原高中的上課時間，等於只要在學校待到第二堂課結束就好。

『我想應該有學生或家長擔心這種自主學習是否能持之以恆，不過請放心，雖說是函授制，但還是有導師負責。快到交作業的日期時，會以電話或電子郵件詢問「最近怎麼樣？」確認狀況。不只如此，本校的導師平常就會和學生交流。在使用影片教學的本校，導師不必上課，所以省下的時間都用來和學生交流。從討論功課到其他興趣相關的話題，會頻繁做各種互動。』

帶領咲太與美和子的年輕女老師為何給人那種感覺，咲太好像理解了。正因為平常就和學生聊各種話題，才能以那種獨特的距離感面對他人吧。

正在一旁聆聽校長這番話的女教員也面帶微笑，頻頻點頭說著：「沒錯沒錯。」

『就像這樣，高中畢業所需的各種知識，以學生自己的步調學習，空出來的時間能挑戰感興趣的事，學習想深入的領域，這也是本校的特徵之一。如果對英語感興趣，也能申請短期留學。如果想擠進優秀大學的窄門，也可以收看本校和升學補習班合作的專用課程。在服裝、設計、料

理、程式語言等領域，本校也準備了和專校合作的課程。就像這樣，我們提供這種不同於以往的學習型態，讓這個時代的孩子們獲得將來處世的能力，也希望本校今後能持續走下去。』

實際上，光靠現在這段說明，不知道能順利持續多久，也不知道會碰到哪些阻礙。不過，校長剛開始說的那段話感覺有股令人想贊同的力量。是一所貼近時代與各人個性的學校。

記得以前美和子也說過，在學校或班級裡，肯定有學生無法融入該團體營造的氣氛。明知如此，卻把大家編在同一間教室，上相同的課，參加相同的學校活動，這或許反映出教育沒有適應時代。

「無法融入的一方才是錯的」這種想法應該落伍了，光是能順應目前的學校體制也絕不會是人生的一切。

人類群體形成的無自覺惡意或壓力雖然無形，但確實存在，尤其容易在學校「班級」這種不成熟的環境產生。

明明早就知道這種事，這個世界卻還沒改變。光是走錯一步，就會變成花楓那樣，被班上朋友無心的話語傷害，不敢上學，做不到大家做得到的事，逐漸喪失自信。一旦變成這樣，就很難從原地站起來，需要非常大的勇氣與能量。即使如此，這份痛楚卻很難傳達給他人。

因為到頭來，人們必須自己成為當事人才能學會這個道理。

『我就說到這裡。接下來請各位收看的影片，是一年來在本校就讀的學生們真實的聲音。希望各位實際聽聽學生們對於本校的感想。』

校長以此做結，向年輕女教員使眼神。接著，正前方設置大型螢幕，和筆電連線。

很快的，隨著輕快的音樂，螢幕上開始播放介紹學校的影片。

首先是校長剛才熱誠說明的內容總整理。依序介紹學校設立的理念、取得學分的步驟、學生每天的平均行程表。介紹完畢之後，如校長剛才所說，開始播放訪問學生的影片。

——經過這一年，覺得怎麼樣？

畫面上顯示問題的字幕。

『剛開始，我不知道函授制的高中，用網路上課的學校是什麼樣子，懷疑這樣的學校算不算高中。』

說出這段話的，是穿制服的短髮男學生。

『不過，這裡有制服，早上也要開班會，班導每天早上都會在聊天室點名。雖然可以不參加，但我不知不覺間每天都參加了。我喜歡在那裡看其他學生聊天……自己也慢慢變得可以加入話題，還交了朋友。』

男學生有點緊張，但最後有些害羞地露出笑容，尤其是說到「還交了朋友」這句話的時候。

影片掌握節奏切換，訪問下一個學生。映在畫面上的是戴眼鏡的矮個子男學生。

『還可以成立社團喔。一開始是在班上聊天室認識，想說興趣很合，知道彼此都在玩音樂之

後，就熱烈討論要組個樂團。現在成員也湊齊了，正在準備舉辦演唱會。大家住在不同的地方，神奈川、千葉、埼玉跟北海道，所以我打工賺錢，不久之前去找北海道的團員，大家一起去。雖然是第一次見面，不過之前一直在交流，所以講幾句話很快就熟了，約好了下次再相聚。』

接著登場的是看似正經的女學生。她說自己喜歡英文，想要深造，愉快地述說夏天去短期留學的回憶，還積極地表示「還想再去」、「明年也想去其他地方」。

這是學校宣傳用的影片，所以持續播放正面評語也是當然的。即使如此，他們述說自己就讀的學校時神采奕奕，看起來洋溢著活力，看不出任何虛假。

至少咲太做不到。即使有人問他峰原高中的生活，他也無法想像自己和這些人一樣，以真摯的心情介紹。

頂多只會炫耀眼前就是大海。能說的只有校風頗為自由，以及那位「櫻島麻衣」就讀這所學校。

想著這種事觀看訪問影片到這裡，畫面上又映出另一名女學生。

長長的黑髮，體型高瘦的女生。修長的雙腿併攏坐下，背脊挺得筆直。

看到她的瞬間，咲太「嗯？」地冒出疑問。好像在哪裡看過她，但沒能立刻想起她是誰。

『我曾經就讀全日制高中。可是，總覺得完全沒辦法融入班上的朋友圈……沒多久就不想上學了。』

雖然說的是這種內容，語氣卻莫名開朗。聽到這個特別的說話口氣，咲太終於想到了。是和香所屬的偶像團體「甜蜜子彈」的成員。之前去看演唱會的時候，站在中央最顯眼的女生。名字是廣川卯月，粉絲們對她的暱稱是「月月」。

在演唱會的串場時間，她放話說：「偶像不會穿內褲！」令人印象深刻，所以留在咲太的記憶中。

『經常有人說我不懂得看氣氛，在班上也都是一個人……氣氛是無形的東西卻要我看，這不是很怪嗎？所以學校變得很無聊，我不想每天去……大概拒絕上學半年左右，不過知道有這所學校之後有點興趣，就離開之前的學校了。現在我有朋友喔！雖然還是會笑著說我「不懂得看氣氛」，不過大家都覺得我很好玩。』

卯月說到這裡，開心地笑了。不只是她，出現在訪問影片中的所有人看起來都好快樂，好開心，似乎閃閃發亮，隱約感覺內心懷抱著希望。

以卯月的感想收尾，訪問學生的影片伴隨著像是片尾曲的音樂結束。

學校說明會結束，咲太與美和子走出會場一看，太陽已經爬到頭頂。現在大約十二點半。

沿著來時路往回走，往新宿車站的方向前進。

「覺得學校怎麼樣？」

走沒多久，美和子這麼問。

「感覺這所學校有個不穿內褲的偶像。」

多虧卯月在影片最後的最後登場，咲太內心對這所學校的印象變得怪怪的。

「內褲？偶像？這是在說什麼？」

美和子會詫異地歪過頭也在所難免。因為如果不知道真相，就聽不懂咲太講的這句話……

「沒事，我在自言自語。話說，跟我想像的差很多。」

這是咲太率直的感想。感覺這所學校活潑又積極，可以說和「函授制高中」這個詞給人的印象完全相反。

「校長說的那些話我也能接受，應該說可以認同。」

「配合時代變化，思考學校教育的存在方式，我對這一點也深有同感。正因為是沒什麼包袱的新學校，能挑戰的部分也很多吧。」

新的教育。

配合這個時代的學習型態。

雖然不知道能實現到什麼程度，不知道哪些部分只是白日夢，不過對於基本的想法以及想要實現的意欲，咲太也有同感。

光是知道有學校是以這種理念設立，今天就不枉此行了。

再來只要配合縣立高中考試，和花楓思考該怎麼做就好。

4

美和子表示還要辦其他事情，咲太便和她在新宿車站道別，搭同一條路線的電車約一小時，回到藤澤站。

移動時，當然打開英語單字本努力背單字。

咲太抵達藤澤站的時候是下午兩點多。到站前的家電量販店逛逛，去書店看看，再隨意閒晃打發時間之後踏上歸途。

咲太謊稱要打工，所以不能太早回家。

咲太從車站徒步約十分鐘，抵達居住的公寓。

「我回來了。」

咲太開門往屋內打招呼。玄關地上整齊地擺著一雙不是咲太也不是花楓穿的女鞋。是麻衣的鞋子。

咲太鎖好大門，脫了鞋來到客廳。

「我回來了。」

咲太再度打招呼。

「你回來啦。」

麻衣輕聲說。她的雙眼看向趴在暖桌上睡著的花楓。

「她說她昨天用功到很晚。本來想泡茶休息一下，但我一個不注意，她就睡著了。」

如麻衣所說，廚房準備了兩人分的茶杯。

「最近她很勉強自己，就讓她睡一下吧。」

雖然可以體會花楓想努力的心情，但是弄壞身體就得不償失了。而且揉著惺忪睡眼念書，也不會有什麼進展吧。

「有東西可以蓋嗎？畢竟可不能感冒。」

「花楓房間有毛巾被。」

「知道了。」

這次麻衣也是輕聲回應，然後到花楓的房間，立刻拿了毛巾被過來，溫柔地為花楓蓋上以免弄醒她。

咲太看完這一幕，回房換衣服。

包包放在桌上，脫下衣服，包括上衣與褲子，內褲以外的所有衣物。

全身剩一條內褲的時候，傳來敲門聲。

「咲太，我進去了喔。」

咲太還沒回應，門就打開了。來的人是麻衣。「唉……」她看見幾乎全裸的咲太，嘆了長長一口氣進房，手伸到身後關門。

「快穿上衣服吧。」

她露出傻眼的表情說。

「麻衣小姐，恕小的直言。」

「什麼事？」

「是妳在我回應之前開門的吧？」

「是啊。」

「呀～～」

咲太總之尖叫一聲做個樣子。

麻衣完全不予理會，坐在咲太每天睡的床鋪邊緣。

這是可以侵犯她的暗示嗎？是的話就好了。

「打工辛苦了。」

咲太如此心想時，麻衣略感無聊似的說。

「噢，嗯。今天客人很多好辛苦，真希望麻衣小姐能治癒我一下。」

咲太打開衣櫃拿換穿的衣物。拿出運動褲與長袖T恤的時候，背後莫名感覺到麻衣的視線。

咲太轉身重新面向麻衣。

「怎麼了？」

「老實說，你去了哪裡？」

麻衣交疊雙腿，仰望咲太。

「要我『老實說』什麼？」

總之，咲太先試著裝傻。

「我想請問的是，你今天騙我跟花楓說要打工，實際上去了哪裡？」

麻衣故意以客氣的口吻再度追問。不知道麻衣究竟抱持確信到何種程度。只不過，從麻衣的表情與語氣感覺不到試探的氣息，只傳來百分之百的自信。

對於演技從童星時代就受到肯定的麻衣來說，這種事易如反掌。

以拙劣的演技對抗也毫無勝算，所以咲太從包包取出學校說明會上發的資料。

「這個。」

他將簡介手冊遞給麻衣。

麻衣接過手冊低頭看，輕聲說「原來如此……」並接受了。不過，她很快就抬起頭，朝咲太投以不悅的視線。

「為什麼連我都要隱瞞？」

「因為我不希望連妳也要說謊。」

「我比你擅長說謊耶。」

咲太當然不是在說他在意說謊技巧，麻衣也明白這一點。因為明白，才故意這麼說。咲太聽她這麼說就無處可逃了。

「其實是我不希望花楓變成像是『只有自己被蒙在鼓裡』，才決定連妳也一起隱瞞。」

咲太坦承之後，麻衣表情變得愈來愈不高興。

「聽你這麼說，我不就捨不得欺負你了？」

「所以麻煩擅長說謊的麻衣小姐，今後也假裝不知情。」

「知道了。等到向花楓提到學校說明會的時候，我再和她一起欺負你。」

才心想麻衣終於回復笑容，她就愉快地這麼說。

「什麼時候要跟花楓說？」

麻衣將入學說明書還給咲太，如此詢問。咲太接過手冊，先收進包包。暫時別讓花楓看見比較好。

「現在想讓她專心準備縣立高中考試，等考完吧。」

「她肯定會受到打擊喔。」

麻衣看向房門，大概是想到正在客廳睡覺的花楓。

「她應該希望你為她加油打氣吧。你這樣可能會被她討厭。」

即使如此，還是必須有人想退路。在花楓專心準備考試的現在，這份工作由咲太負責就好。

「到時候會請麻衣小姐安慰我，我不怕。」

「我剛才不是說了嗎？到時候我會站在花楓那邊。」

「咦～～」

「因為我不想被花楓討厭。」

麻衣開玩笑般說完，露出笑容。

「真希望麻衣小姐能多把我放在心上耶。」

「你總是在我心裡。」

麻衣說完從床邊起身，走向咲太，將手伸過來，以指尖撫摸咲太的胸膛。

「嗯？」

「傷痕消失，真是太好了。」

「胸口的。」

從右肩延伸到左側腹的三條大爪痕。思春期症候群消除，原因也不再存在，所以現在的咲太胸部再也沒有傷痕。

「不過就我來說，我覺得男人需要那種程度的粗獷氣息。」

「是啊。」

正因為現在全都解決了，所以也能像這樣開玩笑。

「這樣會感冒，快穿上衣服吧。」

「可是我還沒跟妳做任何事耶。」

麻衣隨即淺淺一笑，以食指撫過以前傷痕所在的位置。

「喔嗚！」

咲太覺得癢，忍不住發出怪聲。

就在這個時候……

「哥哥，你回來了……？」

房門從外側開啟。

露臉的是花楓。她門開到一半就僵住，視線投向咲太與麻衣。看著只穿一條內褲的咲太，以及麻衣觸摸咲太身體的指尖……

「……」

停頓約兩秒之後，花楓默默關上門。
「花楓，妳誤會了！」
麻衣難得慌張起來，立刻追到房外。咲太聽著遠方傳來麻衣說「妳誤會了」的聲音，終於穿上衣服。

5

一月即將結束的這時候，天氣變得更加嚴寒，昨晚的氣象預報，穿大衣的氣象主播姊姊在寒空下說明：「明天受到北方寒流湧入的影響，不只關東北部山區周邊，南部平原與沿岸區域也將是零星下雪的寒冷天氣。」
預報漂亮地說中，位於關東南部沿岸區域的這座城市今天早上也是細雪紛飛。
雪到了下午也沒有止息的跡象，第五堂數學課開始之後依然繼續下雪。
咲太位於窗邊的座位可以清楚看見戶外寒冷的樣子。如果放晴，位於海邊的這所學校可以眺望清澈的天空、大海與水平線。今天放眼望向窗外，盡是海面下雪的罕見景色。
只不過，這天的咲太沒有心情享受雪景，他在意的是時鐘。從第五堂數學課開始到現在，大約每三分鐘就確認一次。

數學老師講解積分例題完畢之後，咲太將內容抄到筆記本，再度看向時鐘。

時間即將來到下午兩點。

這時間差不多剛好。如此心想的咲太輕輕舉手，呼喚站在黑板前面的數學老師。

「老師。」

老師放下粉筆轉身，他和班上同學的視線集中在咲太身上。

「梓川，什麼事？」

「我可以去上廁所嗎？」

「忍著點。」

「快出來了。」

「去吧。」

咲太獲准之後離席。

「是大號，所以會比較久。」

他經過黑板前面時，對老師這麼說。

「這種情報就免了。」

咲太聽著老師冷漠的回應以及班上的笑聲從身後傳來，走出教室。

熱烈上課中的走廊籠罩著獨特的寧靜，教室隱約透出老師的聲音，聲音背後則感覺得到許多學生的沉默氣息。這是人造的寂靜。

咲太的腳步聲聽起來最響亮。

獨自走在四下無人的走廊。咲太抱著些許亢奮與一丁點罪惡感，經過男廁門口。

下樓梯到一樓。

並不是想去教職員廁所上大號。

行經校舍門口也沒轉彎的咲太走向校舍角落的賓客專用出入口。學務室也在那裡。

櫃檯窗口開著，年約四十五歲的女事務員坐著待命。平常事務員也不會特別顧著櫃檯。看櫃檯旁邊設置的「入學申請書受理窗口」看板，就知道今天是特別的日子。

今天是一月二十九日。縣立高中的入學申請書從昨天開始受理收件，預定為期三天。

咲太之所以在意時間，是因為花楓預計獨自來繳交入學申請書的時刻快到了。

不過，學務室前面別說花楓，也沒看見其他來繳交申請書的國中生。看來美和子說的沒錯，三天的繳交期限之中，現在真的是人最少的時段。

第二天的下午。

絕大多數的學生不是第一天繳交，就是苦惱到最後的第三天繳交。這是最常見的模式。

正因如此，咲太和花楓討論過，決定在今天繳交。鎖定盡量不必在意他人目光的這一天。

「不好意思。」

「嗯？」

咲太一搭話，事務員女性就一臉疑惑地仰望咲太。大概因為現在明明是上課時間，咲太卻在這裡閒晃，所以覺得奇怪吧。

在對方問東問西之前，咲太早早說明來意。

「有沒有一個叫作梓川花楓的女生來交申請書？她是我妹妹。因為長期沒上學，我擔心她是否能好好拿過來。」

咲太沒有笨拙地隱瞞，而是據實以告。不只如此，為了證明自己確實是這裡的學生，證明自己是「梓川咲太」，他還出示一直放在制服外套內袋的學生手冊。

女事務員看起來有些吃驚，但還是掌握狀況，說聲「等我一下」，在房間後方翻著今天下午繳交的志願書確認。

「還沒來喔。」

「謝謝。」

咲太道謝之後離開窗口，就這麼穿著室內鞋從賓客專用出入口外出。

走到屋簷下方邊緣，看向校門口的方向。遠方看得見三個像是撐著傘的國中生的人影，但他

立刻確定都不是花楓。三人都穿著長褲。

「說真的，那傢伙沒問題嗎？」

今天早上離家之前，咲太向花楓確認：「妳可以一個人拿申請書到峰原高中嗎？」花楓堅強地回答：「沒問題喔。」

咲太想相信花楓這句話，想尊重花楓的意願，不過花楓這幾天一直對咲太生悶氣，所以咲太不太相信她真的沒問題。

自從星期日花楓目擊咲太和麻衣的甜蜜互動，總覺得她在對咲太賭氣。

兩人一起吃早餐的時候、兩人一起吃晚餐的時候，甚至是拜託「我這裡看不懂，教我」的時候，都一臉想抱怨的樣子。

即使等待一段時間，依然沒看到花楓的身影。

咲太抱著過去看看的念頭離開屋簷下，走向校門口。因為沒撐傘，隨風飛舞的雪花一片片貼在制服上。這場雪感覺比在室內看見的還大。只是因為每顆雪花很小，不容易堆積，卻立刻將咲太的制服染成雪白。

風也好冷，好想趕快回到暖氣夠強的教室。咲太克制這個欲望，走到校門口。

此時，告知電車接近的平交道警示音響起。從校門方向看見一班從七里濱站起步的電車，通過平交道慢慢開往鎌倉方向。是來自藤澤方向的電車，花楓或許是搭那班車。

平交道的聲音停止了。

不久，車站方向來了一群撐著傘的人影。是身穿制服或加穿大衣的國中生們，總共六人。彼此稍微保持距離穿越平交道，臉上帶著有點緊張的表情，從站在校門側邊的咲太身旁經過。

這些人之中，沒有花楓的身影。

「下一班電車嗎……」

輕輕呼出的氣染成白色，指尖開始凍僵。白天這個時段，下一班電車是十二分鐘後。咲太開始思考要不要先回校舍的時候，看到一個傘頭從車站方向走來。樸素不起眼的深藍色雨傘。

傘大幅往前壓，所以無法確認長相。不過，咲太看輪廓立刻認出是花楓。國中制服加上麻衣送的愛用大衣，今天雙手戴著連指手套，圍巾和手套成套。為了對抗雪的寒冷，還穿了黑褲襪，和花楓今天早上走出臥室時的服裝一模一樣。

戴著手套的手除了撐傘，還拿著像是資料夾的物品。花楓不時停下腳步，檢視資料夾的內容物，大概是在看咲太給她的地圖。在這個時代，找路不必特地帶地圖，用智慧型手機就能解決，但花楓曾經因為手機方面的人際關係受到重創，至今也是聽到來電鈴聲或震動聲就會全身緊繃，實在無法讓她攜帶手機。

花楓終於走到平交道前方的短橋頭。不過，她在途中察覺某件事情，頓時停下腳步。

應該是因為身穿制服，申請書繳交完畢回程的女學生映入她的眼簾。直到和這名女學生擦身

而過，花楓都站在原地不動。

休息片刻，然後緩緩踏出腳步。不過，斷斷續續有學生返回，她每次和他們擦身而過就會壓低傘緣，停下腳步。

「……」

跑過去叫她很簡單。

咲太陪她一起繳交申請書就好。

不過，看到花楓一步步前進的模樣，就覺得這是多餘的關心。

所以在花楓發現之前，咲太獨自回頭走向校舍。

數度和繳完申請書回程的國中生擦身而過。正要回去的他們瞥向滿身雪的咲太，露出疑問的表情，也有男生誇張地歪過腦袋，大概是以為咲太腦袋有問題吧。

即使承受這種目光，咲太也能維持平常心，一點都不在意。陌生人對他怎麼想都不重要。

現在咲太好想把自己這種心態分給花楓，不過這是不可能的事，所以咲太回到學務室前面，靜靜等待花楓抵達。

輕輕拍掉制服上的雪，等了一段時間，花楓沒來。

等了五分鐘，等了十分鐘，花楓還是沒出現。

即使如此，咲太還是耐心等待，花楓終於從賓客出入口進來了。她撥掉傘上的雪入內，發現

「入學申請書受理窗口」的看板之後，終於鬆一口氣般抬起頭。

她的雙眼捕捉到在那裡等待的咲太。

「咦？」

「咦什麼咦，妳是來繳交申請書的吧？」

「唔，嗯。」

咲太接過占據花楓雙手的傘。花楓將資料夾放進包包，以戴手套的手取出申請書的信封。咲太對此感覺不對勁。

花楓就這麼戴著手套移動到受理窗口前面，圍巾也沒拿下來。

「拜……拜託您了。」

她以雙手將申請書信封遞給女事務員。

「好的。那個……是梓川花楓同學吧？」

收下申請書的女性大致確認內容之後看向花楓。

「是……是的。」

「確實收到了。考試請加油。」

「好……好的。」

花楓鞠躬之後離開窗口，小跑步回到咲太面前。

「哥哥，你怎麼在這裡？」

「我上課到一半想上廁所，順便過來看看。」

「高中的廁所在戶外？」

「為什麼這樣問？」

「沾到好多雪耶。」

花楓看著衣襬以下的地方。咲太自以為拍乾淨了，卻還沾著許多小雪花。

「海邊的風很大喔。」

咲太隨便敷衍帶過，然後輕輕將手放在定睛仰望他的花楓頭上。

「怎……怎麼了？」

「妳今天好努力。」

「才繳交申請書而已啦～～」

即使如此，花楓不甚抗拒地靦腆一笑。

大概是做到至今做不到的事，獲得些許自信了吧。

「那麼，我回去了。」

「花楓，等一下。」

「怎……怎麼了？」

「圍巾，妳拿掉看看。」

「！」

咲太突然這麼說，花楓沒回以疑問，只是嚇了一跳。這就是答案。

咲太朝花楓包緊緊的圍巾伸出手。

「不行！」

花楓隨即用雙手抓住圍巾保護好。

帶著犀利態度的抗拒。

但也因為這樣，花楓上衣袖子被手肘一拉，袖口與手套的縫隙間露出手腕。沒曬過太陽，不太健康的白色肌膚，出現像是瘀青的淺淺痕跡。

「不是的，這是……」

花楓退後一步，放下雙手藏起手腕，搖了搖頭。

「那個，花楓……」

「沒事的！很快就會好！」

花楓拚命否定，不斷強調不是那樣。然而事與願違，瘀青從脖子擴散開來，甚至侵蝕到花楓的下巴一帶。

「我可以好好考試，也可以上高中！」

花楓以像是快哭出來的表情訴說。
「所以……！不要說不行，我也可以努力的……！」
她一臉害怕地看著咲太。
這番話聽起來像是在拿自己和某人做比較。
——我也可以。
這裡的「某人」是誰？
是每天上學的同學們嗎？
感覺不是。
花楓說出的「我也可以」，大概是對另一個自己的想法。兩年來，代替休息的「花楓」努力的「楓」。
「我說啊，花楓……」
「……我可以努力的。」
「妳為什麼想考峰原高中？」
咲太隱約想像得到原因。
「……」
所以看到花楓難以啟齒般移開視線並低下頭，他不想追問。

「哎，我沒差就是了。反正我高中也是隨便選的。」

咲太說著輕捏花楓的雙頰。

「哥……哥哥，什麼事？」

「沒人說不行吧？」

「……是嗎？」

「只要妳想做，無論任何人怎麼反對，我都會讓妳做到底。」

「……真的？」

花楓帶著被捏臉頰的有趣臉蛋，以微溼的眼睛仰望咲太。

「真的。相對的，身上的瘀青變成什麼樣子，要好好告訴我喔。」

「唔，嗯……」

咲太明白花楓的思春期症候群沒有完全消除，知道只能慢慢克服。在花楓說想考高中的那一天，咲太就猜到在某個時間點會變成這樣。

「回去之後，我要檢查全身。」

「咦？哥哥，你要看？」

「不看的話，我不知道可以讓妳勉強到什麼程度啊。」

「可……可是，我會害羞啦……」

花楓臉紅低下頭，支支吾吾地說。

「我不會連鼻孔都仔細看的。」

「哥……哥哥看我的身體，我會害羞啦！」

「沒什麼好害羞的吧。」

「是……是沒錯啦，我和麻衣小姐比起來差太多了……」

花楓露出賭氣的表情向咲太抗議。表情從容多了，侵蝕到下巴一帶的瘀青像退潮般逐漸消失。咲太見狀放下心來，雙手放開花楓的臉頰。

「我說啊，花楓……」

「什……什麼事？」

「拿自己和麻衣小姐比，妳也太狂妄了。」

「我……我知道啦。但我聽哥哥這麼說就火大。」

「為什麼？」

「沒為什麼。」

花楓鼓起臉頰威嚇咲太，不過看起來只是很呆，毫無效果。

「既然有力氣講這種青春期的妹妹會講的話，應該沒問題吧。妳自己回得了家嗎？」

「我本來就是青春期的妹妹啊。所以，那個……哥哥，做那種事要小心點喔。」

「妳是說哪種事？」

「就是，星期天，和麻衣小姐做的那種事……」

花楓愈說臉愈紅，聲音也變小，最後幾個字幾乎聽不到。

「知道了。以後會趁妳不在的時候做。」

「就說了，這種事也不要講出來啦。我要回去了。」

完全恢復精神的花楓從咲太手中搶過傘，走出賓客出入口。咲太先送她到屋簷下。

「謝謝……」

此時，花楓輕聲說了。

「謝什麼？」

「哥哥這麼擔心我……我好開心。」

「走路小心腳邊，別滑倒喔。」

「不可以對考生講這種話啦。」（註：日文「滑倒」也有「落榜」的意思）

花楓說完露出傷腦筋的笑容，然後打開雨傘，一個人踏向雪地。走十公尺左右轉過身來，看到咲太還在，她靦腆一笑，在遠處輕輕揮手之後回家。

接下來的日子，花楓腳踏實地用功準備考試。

平日一大早就去國中，在保健室念書。放學後直接回家，繼續讀書。週末從早到晚都坐在書桌前面。

不懂的問題由咲太教，念書到深夜的日子，咲太做宵夜給她吃。麻衣與和香有空的時候也會來陪花楓念書。

每天都確實看到努力的成果，花楓寫考古題的分數一次比一次高，如果有校內評鑑成績，她也順利達到能正常考上峰原高中的水準。成長速度之快連美和子都大吃一驚。

就這樣，進入二月之後，每天都是充實地度過，花楓的決戰日……二月十六日星期六，也就是縣立高中考試的日期悄悄來臨。

第三章

開啟那扇門

1

這天早晨，「啊～～天亮了」的意識自然運作，咲太在鬧鐘還沒響之前就醒來。

從被窩露出的頭與臉頰接觸到房內的冰涼空氣。現在是眷戀溫暖床鋪的季節。輸給這份誘惑，閉上眼睛想睡回籠覺的時候，放在枕邊的鬧鐘響了。

咲太反射性地從被窩伸出手，一把抓住按掉鬧鐘。眼睛半開，看向數位顯示的時間。

六點整。二月十六日，星期一。

這時間要準備上學還太早。

平常這種狀況會咒罵自己設錯鬧鐘時間，享受能夠睡回籠覺的幸福，閉上雙眼。

不過，這天的咲太迅速起身，鑽出以暖和溫度誘惑他的被窩。打個呵欠下床，以依然半開的雙眼確認前方，走出房間。

先到盥洗間洗臉，也洗手、漱口。

走到客廳，晨光從窗簾縫隙射入。微暗的廚房發出某種東西沸騰的聲音。仔細一看，電子鍋發出低沉的聲音，像蒸氣火車般冒出蒸氣。

看來快煮好了。

咲太拉開客廳的窗簾，轉身看向廚房，電子鍋的燈號正如預料已經切換為保溫。

是咲太昨晚洗好米，設定在早晨煮好的飯。

咲太從完成工作的電子鍋旁邊經過，移動到冰箱前面。從冰箱拿出洋蔥，剝皮切成碎丁，然後下鍋炒。

炒到變成焦黃色，將牛豬絞肉、牛奶、蛋、麵包粉、肉豆蔻粉放進調理碗攪拌，再加入剛才炒的洋蔥，撒點鹽與胡椒繼續揉捏。

完成的是漢堡排的絞肉團。

分成一口大小揉成球形，放入熱好油的平底鍋煎。

冒出肉煎熟的美味香氣。

兩面煎到上色的時候，咲太轉成小火，為平底鍋加蓋。再來只要蒸透就好。

剩下的漢堡排絞肉整合成一塊，包上保鮮膜放進冰箱，預定將成為咲太的午餐。

煎漢堡排的時候，咲太也在旁邊的爐口放上平底鍋。這次是方形平底鍋。

差不多熱好鍋之後倒入蛋汁，迅速做出煎蛋捲。盛到盤子上，同樣切成一口大小。

煎好的漢堡排也放在同一個盤子上。

冒出的蒸氣刺激食慾，忍不住拿一塊煎蛋捲放進嘴裡。咲太一邊品嚐淡淡的甜味，一邊打開

電子鍋。亮晶晶的白飯冒出充滿水分的蒸氣。

以飯杓輕輕翻動之後，在料理台平鋪保鮮膜，放上飯糰所需的飯量。共兩份。

就這麼等待片刻。

稍微降溫之後，咲太將酸梅與鹽漬鱈魚子埋入白飯山，捏起飯糰。

包上海苔，放進雙層便當盒。下層裝兩顆飯糰就滿了；上層裝漢堡排、煎蛋捲，配上生萵苣與小番茄，再加上昨天做好的馬鈴薯沙拉，便當就完成了。

「哎，就這樣吧。」

即使對於還不錯的成果感到滿足，咲太的手也沒停下。吐司放進烤吐司機，平底鍋洗過之後，以小火加熱融化奶油。融化得差不多的時候，倒入加了牛奶的蛋汁。

用鍋鏟持續攪拌以免一下子就煎熟。不久，蛋汁維持軟度逐漸結塊。軟嫩的口感。

咲太在完全結塊之前關火，將完成的炒蛋盛到盤子上，一起煎好的章魚小熱狗也放上去。

從烤吐司機彈起來，烤成焦黃色的吐司也放在盤子上，端到餐桌。

「天亮了，起床吧。」

咲太走到花楓房間門前，開門朝室內說。

床上蓋著棉被的圓形物體在蠕動，回應咲太的只有「唔～～」這個不知道是呼吸還是說夢話的呻吟。

「今天要考試吧？會遲到喔。」

咲太再叫一次，這次花楓慌張地從被窩探出頭。

「哥哥，現在幾點？」

「七點。」

「什麼嘛。既然這樣，就不會遲到喔。」

花楓一臉放心地呼出一口氣。

「別嚇我啦。」

花楓一下床就看向咲太，鼓起臉頰。但她的不滿被一個大呵欠打斷，惺忪的雙眼看起來還很睏。

大概是注意到咲太看她的視線——

「昨天，我上床沒能馬上睡著。」

明明咲太還沒問，她就辯解似的告知。

「發生什麼興奮到睡不著的事嗎？」

「因為今天要考試啦。真是的，哥哥明明就知道。」

花楓不滿地嘛起嘴。

「怎麼辦，要是考試的時候想睡覺……」

「這種程度沒問題吧。」

咲太不當一回事般回應。

「問題可大了啦。」

相對的，仰望咲太的花楓雙眼不安地晃動。

「其他考生也都會緊張得睡不著，不用在意。」

「是嗎？」

花楓表情的不安還沒消除。

「大家都一樣。」

「這樣啊，大家都一樣啊。」

大概是稍微安心了，花楓嘴角上揚，接著看向咲太。

「哥哥當時也是嗎？」

「我那時候太緊張，考到一半就跑廁所。」

「感覺這樣比較緊張耶。」

「是大號喔。」

「討厭，髒死了。」

花楓傷腦筋似的露出笑容，走出房間。看到擺在餐桌上的早餐，她開心地「啊」了一聲。

「炒蛋，看起來好好吃……」

「去洗臉，趁熱吃吧。」

「嗯。」

花楓踩出腳步聲，跑向盥洗間。響起水聲，傳來漱口聲……再等待數秒之後，完全清醒的花楓回來了。

兩人隔著餐桌相對而坐。

「我開動了。」

「我開動了。」

花楓立刻拿起湯匙舀一口炒蛋送入口中。剛起鍋的炒蛋還熱騰騰冒著蒸氣，而且又軟又嫩。

這是請麻衣傳授做法的一道料理。麻衣來玩的時候做過很多次，花楓每次都說：「好吃，好吃。」大快朵頤。

所以咲太決定在考試當天早上做這道炒蛋，希望花楓能盡量愉快地應考……

看花楓這副模樣，看來作戰成功了。總覺得花楓莫名幸福地動著湯匙。

「好像麻衣小姐做的炒蛋。」

她笑咪咪地慢慢享用。

如果一份早餐能讓她愉快地出門應考，就再好不過了。稍微早起算不了什麼。

唯一可能成為問題的就是花楓用餐速度比以往慢。她本來就吃得不快，但因為一口一口仔細品嚐，即使咲太吃完，她也還吃不到一半。

「趕快吃，不然真的會遲到喔。」

咲太先離席，將用過的餐具拿去流理台。

「吃太快很可惜啦。」

既然有餘力悠閒地享受早餐，感覺今天的考試沒問題。

「這麼想吃的話，明天也做給妳吃。」

「不過，好像還是麻衣小姐做的炒蛋比較好吃。」

既然還說得出這種囂張的感想，那就太棒了。

「那當然啊，因為是我的麻衣小姐。」

「……」

花楓含著湯匙，默默看向咲太。

「怎麼了？我背後有鬼嗎？」

咲太姑且轉身確認，但身後只有牆壁。

「哥哥怪怪的耶。」

「哪裡怪？」

「我以為你剛才會說『沒那回事』或是『那就別吃！』之類的。」

「是嗎？」

「是啊。」

「引以為傲的女友被稱讚，一般都會覺得高興吧？」

「聽你這麼說好像也是，不過……」

「不過什麼？」

「像哥哥這樣的人很少見喔。」

「只是妳還涉世未深罷了。」

咲太隨口回話，將料理台上放涼的雙層便當盒疊好蓋上，以鬆緊帶固定，連同筷盒用餐巾包好，拿著便當回到飯桌。

加快用餐速度的花楓，這時候正把留到最後的章魚小熱狗送進口中細嚼慢嚥。咲太將包了餐巾的便當盒放在她面前。

「這個帶去，別忘記啊。」

花楓的視線投向布包。

將早餐吞下肚。

「這是什麼？」

她問。
「看起來是什麼？」
「便當。」
「猜對了。」
「昨天不是說過我在便利商店買飯糰就好，別擔心嗎？」
「妳不要的話，我就在中午吃掉吧。」
咲太伸手要拿回便當時，花楓以更快的速度伸出雙手搶走便當，小心翼翼地抱到胸前。
「我要。」
「別晃得太用力，不然配菜會擠到同一邊喔。」
「……」
花楓後知後覺般靜靜將便當放回桌上，然後揚起視線，看向依然站著的咲太。
「那……那個，哥哥……」
「難吃也別抱怨啊。」
「難吃的話，我會抱怨啦。我不是說這個……」
咲太打斷話題，花楓投以抗議的視線。
「……謝謝哥哥的便當。我好高興。」

「不用客氣。」

咲太收拾吃完的早餐杯盤。

「我自己拿啦。」

花楓晚一步起身。

「妳想早點出門吧？先去換衣服吧。」

不知道會不會發生電車誤點之類的狀況，而且花楓異常在意他人的目光，能夠避開考生集中的時段移動是最好，為此要早點出門。

咲太包辦收拾工作，將餐具拿到流理台。

「哥哥，謝謝你。」

此時，花楓再度朝咲太背後這麼說。

「換好衣服，到客廳集合喔。」

「嗯。」

花楓充滿活力地回應，進入房間。

咲太將用過的餐具洗完之後，也進房間換穿制服。回到客廳，貓咪那須野從花楓半開的房間走出來，所以咲太在貓碗倒入乾飼料。那須野充滿活力地「喵～～」了一聲，開始專心吃飼料。

貓碗見底的時候，花楓也走出房間。

國中制服加大衣，圍巾、手套與黑色厚褲襪，防寒對策萬無一失，服裝看起來很保暖。不過，肩揹包包的花楓表情因為緊張而僵硬。話雖如此，只有這一點在所難免。如果教人別緊張就不會緊張，那天底下就不會有人緊張了吧。所以咲太沒提這件事，而是問其他問題。

「准考證帶了嗎？」

「嗯。」

花楓微微點頭。

「便當放進去了吧？」

「放了。」

比剛才更明確地點頭。

「文具用品呢？」

「確實帶了啦。」

「除此之外，沒忘記其他東西吧？」

「嗯……」

花楓先是如此回應，卻立刻「啊」了一聲，彷彿察覺到某件事。她沒說原因就回房，門發出響亮的聲音關上，稍微嚇到了那須野。

房內響起慌張的腳步聲。

「怎麼回事？」

咲太詢問腳邊的那須野，卻沒有回應。相對的，花楓的房門開啟，花楓走了出來。

服裝看起來沒什麼變化，頂多就是比剛才更用力握住包包的背帶。此外，從她有些緊繃的表情深處感覺到具備某種像是決心的意志。

「這樣就沒問題了！」

咲太不知道什麼事沒問題，但感覺花楓比剛才更有活力，所以決定不去在意。

「現在就這麼緊繃，很快就會累了喔。」

「沒……沒事的！」

「那麼，出發吧。」

在這裡持續進行問答也不會舒緩花楓的緊張——如此心想的咲太先到玄關。

穿上鞋子，等花楓做好準備。

「……」

花楓默默點頭，送出「準備ＯＫ」的訊號。咲太確認之後，朝從客廳探出頭的那須野說聲「拜託你看家喔」之後外出。

鎖好大門，搭乘到這層樓的電梯。沒停靠其他樓層抵達一樓，走出公寓。

冰涼的冬季空氣將呼出的氣息染成雪白。咲太如此，花楓也是如此……

咲太配合花楓明顯比較慢的步調前進，兩人走向藤澤站。途中遇到紅燈停步，綠燈亮了再踏出腳步。來到大馬路，經過橫跨境川的橋。

這段期間，花楓完全沒對咲太說話，咲太也沒開口。因為看花楓的側臉似乎在想心事……大概是拚命在腦中回憶至今念書的內容吧，不應該妨礙她。

滿腦子都是考試，對花楓來說應該是好事。專心思考的時候就不會在意他人的目光，也可以避免以此為由的思春期症候群發作。

若能這樣順利克服考試這一關，這次的事件應該能為花楓建立自信。慢慢培育這份自信，變得不會過度在意他人的目光或意見就好。

現在正要以還沒轉換成自信的些許勇氣踏出第一步。

花楓雖然害怕，卻正在努力。因為她決定要努力。

「……哥哥，什麼事？」

花楓察覺咲太在看，輕聲詢問。咲太回答「沒事」，但她似乎很在意。

「那條圍巾，真不錯。」

咲太便稱讚她。

「麻衣小姐送我的，很保暖喔。」

花楓感到驕傲，微微笑了。

「不愧是我的麻衣小姐。」

「哥哥只會這麼說。」

不知為何，花楓似乎有點不滿。

咲太一個人只要走十分鐘的距離，今天卻和花楓花了平常兩倍的時間二十分鐘才走到藤澤站。沿著家電量販店前面的階梯，一步步走上高架步道。

由於提早出門，車站周邊有許多通勤的上班族。身穿制服的國高中生人數，比咲太上學的時段少。

即使如此，在小田急江之島線與ＪＲ車站裡，一如往常滿是轉車的乘客，感覺一個大意就會和花楓走散。

早早察知危險的花楓在咲太開口前就緊貼在他背後。兩人就這麼穿過人群，來到車站南側。沿著連通道筆直前進是百貨公司。從開店前的入口右側走過去，就會看見江之電藤澤站。

兩人先停在售票機前面。

花楓自己去買車票。投錢，按下按鍵，拿著吐出來的車票走回來。臉上一副驕傲的表情。

「花楓，車票這種東西，我也敢自己買喔。」

「我知道啦。」

大概是沒得到預料中的反應，花楓有點不是滋味似的噘嘴。

咲太和花楓一起移動到距離數公尺處的驗票閘口。

「別下錯站啊。」

「七里濱站的話，我去繳過申請書，沒問題。」

將臉頰埋進圍巾的花楓似乎在抗議咲太把她當孩子看待。

「總之，至今能做的都做了，妳就盡力而為吧。」

「嗯。」

咲太只陪花楓來到這裡。接下來，花楓要獨自去考場峰原高中，獨自應考，獨自回家。

這是數天前和花楓討論之後的決定。

剛開始，咲太提議陪花楓到學校，向學校說明她之前拒絕上學的隱情，讓她在空教室等待考試，但花楓主動說：「我想和大家一樣。」

咲太也找美和子商量之後，決定尊重花楓的意願，因為這也是就讀全日制高中的大前提。若考上並就讀峰原高中，獨自上下學將是花楓要持續三年的日常生活，不是僅止於今天的問題。

「發生什麼事的話，要跟老師說喔。」

「嗯。」

「那我走了。」

「啊，哥哥，等一下……」

咲太正要回去時，花楓叫住他。

「嗯？」

「……」

花楓想說些什麼，卻沒說下去，只是緊緊握住包包的背帶。

「為了避免考試的時候分心，想說什麼要趁現在全說出來喔。還有還有，如果事後找我抱怨這件事害妳沒辦法專心考試，我也會很為難。」

「我不會說那種話啦。」

「所以是什麼事？」

「那……那個……」

花楓有點難以啟齒似的低下頭。

「嗯。」

「我也會努力的。」

「適度地努力吧。」

「真是的，我在說正經的耶。」

「妳比之前更努力還得了？」
「總之，我也會努力的。」
花楓再三強調般注視咲太。在她身後的車站月臺，綠色加奶油色的復古風格電車進站。
聽到聲音而察覺的花楓也轉身確認。
「去吧，電車來了。」
「嗯。謝謝你送我過來。」
花楓微微揮手，刷車票通過驗票閘口。最後一次轉身，確認咲太還在之後，露出有點靦腆的笑容，小跑步靠近電車。
排在隊伍最後面，順利上車。
咲太確認電車發車之後，離開驗票閘口。
咲太沿著原路往回走，再度經過小田急線與ＪＲ車站，來到車站北側。走下高架步道的階梯時，想起花楓那句話。
——我也會努力的。
短短的這句話令咲太有些在意。「我也」的「也」是包括誰的「也」？
世上有許多人在努力。
和花楓相同的考生就是如此。

咲太也算是有在努力準備一年後的大學考試。

麻衣也努力進行演藝活動；和香也在努力當偶像吧。除此之外，努力的人應該比比皆是。

不過，花楓說的「也」並不是上述的某人，是對唯一的那個人說的話語。

對花楓來說，是無法避免意識到的存在。

花楓沒見過，卻絕對無法忘記的存在。

另一個自己。

「要她別在意才真的是強人所難吧。」

2

送花楓到藤澤站後，咲太獨自返家，先換上居家服。教室被當成考場使用，所以今天停課。

脫下襪子拿到盥洗間，扔進浴室前面的洗衣機。洗衣籃累積的待洗衣物也一起放進去洗。

衣物開始不斷滾動，咲太呆呆地注視好一陣子，看膩之後拿出吸塵器。

將客廳、飯廳、廚房、玄關、咲太的房間、花楓的房間的灰塵吸乾淨。大功告成的時候，洗衣機發出「嗶嗶」聲呼叫咲太。

「好好好，我這不是來了嗎？」

收好吸塵器，回到盥洗間，脫水完畢的衣物一件件攤平掛起來晾。咲太的上衣、咲太的內褲；花楓的睡衣、花楓的內褲。

對了，記得花楓說過貼身衣物要自己洗，不過直到今天都還沒實現。

只是一兩條內褲，多了或少了這點衣物，咲太花費的勞力也不會變，所以沒差就是了……

洗好衣服之後，咲太帶那須野回房，打開暖氣，坐在書桌前面。今天早起，感覺也想睡個午覺，但花楓現在肯定也在努力考試，所以咲太決定念書。

打開的是數學問題集，針對大學測驗的那種。二次函數的題目，在筆記本逐一作答。

除此之外，桌上還多了六七本物理、英文的參考書與問題集，都是最近這兩週增加的。不是咲太自己買的，是麻衣每次來教花楓功課就會留下的東西。

一半是新書，另一半是麻衣用過的二手書。明明表面上看起來完全沒在準備考試，但二手問題集光看就知道曾經翻了又翻。麻衣臉上帶著笑容說：「再來就寫這一本喔。」遞給咲太，咲太也只能乖乖收下。

多虧這樣，咲太的房間緩慢但確實地改造成考生模式，由麻衣親手改造……

感覺已經營造出不准落榜的氣氛。不過，麻衣看起來樂在其中，所以接下來也只能盡力而為。如果這樣還是失敗，麻衣也會原諒咲太吧。應該……

繼續寫數學的問題集。二次函數之後是三角函數，高一上過的範圍。

開始和麻衣交往之後，麻衣經常在考前幫咲太複習，所以中心測驗等級的題目，咲太意外地寫得出來。不過，到了各校招考或二次測驗等級的難題就突然遇到瓶頸。

主要原因在於無論是數學還是物理，綜合複數領域的題目變多了。如果沒察覺是哪種題目，就完全不知道該怎麼解題，或即使作答也寫出完全錯誤的答案。考生從二年級夏天左右就開始準備的原因，咲太似乎稍微可以理解了。

和這樣的難題奮戰約兩小時。

一直很專心的咲太肚子「咕～～」地叫了。這個聲音令他察覺自己餓了。看向時鐘，現在是中午十二點出頭。

「吃飯吧。」

咲太只是自言自語，卻有聲音回應。在床上縮成一團的那須野抬頭「喵～～」了一聲。

咲太沒闔上筆記本與問題集，就這麼起身和那須野一起走出房間。

先讓那須野吃乾飼料，然後打開冰箱，準備自己的午餐。拿出的是今天早上做好的漢堡排絞肉團。

在正中央壓一個凹洞，放在平底鍋煎。兩面煎到上色之後轉成小火。等待煎熟的時候，咲太將今天早上煮好的飯盛到圓盤，附上剩下的馬鈴薯沙拉，煎好的漢堡排也一起放上去。這樣算是

夏威夷式的盤餐吧。自己不太清楚就是了……

端到毫無常夏氣氛的客廳暖桌上，開啟暖桌電源之後開始吃。漢堡排的火候與調味都無懈可擊，這樣花楓應該也會滿意吧。

吃到一半，不經意打開電視，播放資訊娛樂節目。

諧星與模特兒走訪每日限量的當紅甜點店進行比賽，心情隨著商品是否賣完而起伏。

咲太一邊嚼著漢堡排，一邊平淡地看著電視，節目抵達下一間店之前進廣告。

「啊……」

之所以發出聲音，是因為電視螢幕隨後映出熟悉的人物。

是麻衣。

被寒冷大雪染成銀白的世界。圍著紅色圍巾的麻衣孤零零地站在某個小車站的月臺。

應該是上個月去長崎拍的廣告。聽麻衣說九州也下大雪，她在大雪中拍攝。

大概是在等人，畫面上的麻衣側臉表情惆悵，沒有台詞。吐出白煙，視線稍微往下，然後只將巧克力送入口中。旁白說明口感像是融雪云云，是冬季限定巧克力的廣告。在十五秒的廣告最後，麻衣察覺接近過來的某人，面向鏡頭，不好意思般露出微笑。

廣告中，最後的表情令人印象深刻。肯定必須是麻衣才能成立。

「我的麻衣小姐果然可愛。」

不過，如果只限於今天，在這個時間點看到麻衣主演的巧克力廣告，咲太內心很複雜。

二月已過一半的十六日。

兩天前是二月十四日，也就是情人節。

不過在這三天，咲太沒見過麻衣，也沒聽過她的聲音。

麻衣從十三日就去京都連日拍攝。大概是工作很忙，連電話都沒打。

咲太忿恨地轉身看向家裡的電話。或許是咲太的心願傳達給上天了，電話在這時候響了。

「感覺是命中註定耶。」

是麻衣的話該有多好。咲太愉快地懷抱這份期待，鑽出暖桌。以遙控器將電視音量關小，看向電話螢幕，上面顯示熟悉的十一位數字。

真的是麻衣的手機打來的。

咲太拿起話筒抵在耳際。

「我說啊，麻衣小姐……」

他立刻以不滿的語氣說。

『什麼事？』

麻衣疑惑地回應。大概是咲太的反應出乎她的預料。

「知道什麼是情人節嗎？」

咲太不以為意，問麻衣這個問題。

『有人不知道嗎？』

麻衣的反應像是有點瞧不起人。

「我想麻衣小姐應該不知道。」

『我知道啦。』

麻衣有些不悅地回嘴。

「那麼，是幾日？」

『兩天前的二月十四日吧？』

「那麼，是什麼樣的日子？」

『對你來說，是想收到我充滿愛情的巧克力，共度比巧克力還甜蜜的時光的日子吧？』

「具體來說，是預計讓麻衣小姐扮成兔女郎讓我躺大腿，餵我吃巧克力的日子。」

『你這樣做，巧克力會跑進氣管喔。』

麻衣以傻眼的聲音笑他。

『不提這個，花楓呢？』

而且她輕描淡寫地帶過咲太的失望，最後連話題都換了。不過，這正是麻衣打電話過來的正題吧。

「可以多聊一聊我的事嗎？」

『早上做炒蛋給她吃了嗎？』

說來遺憾，咲太的願望悉數被駁回，麻衣沒有理會。

「做了。她吃得很開心。」

咲太克制想賭氣的心情，好好向麻衣報告。炒蛋的做法是麻衣教的，所以確實應該告知結果。這個道理說得通。

『這樣啊，太好了。』

「多虧這樣，花楓一大早就打起精神出門應考嘍。現在大概在吃我早起做的便當吧。」

咲太有點自暴自棄地回答，同時看向電視，畫面右上角的時間顯示下午一點整。

『記得上午是依序考英文、國文跟數學？』

「對。」

下午是社會與理科兩個科目。接下來到十八日，是分三天進行的面試時間。花楓的面試是最後一天十八日，所以今天再考兩個小時就可以回家了。

『大概三點結束嗎？』

「是的。」

差不多會在四點回來吧。

『擔心嗎？』

「就算擔心，花楓的考試分數也不會變高。」

『今天你在做什麼？』

「希望妳誇獎我，所以在念書。」

『好好好，了不起了不起。』

麻衣相當不耐煩似的敷衍帶過。

「好想要獎賞喔～～」

『改天我在脖子上繫緞帶去你家可以嗎？順便當成情人節的賠禮。』

咲太糾纏不休，麻衣半開玩笑地這麼說。

「請您務必這麼做！」

『等考完吧。』

「花楓的考試嗎？」

總之咲太先說最早結束的考試。既然今天有考試，這樣是最快的。

『不是。』

麻衣理所當然沒有同意。

「那麼，果然是我的？」

這個再快也是一年後的事，完全不算「改天」。而且是否錄取要看咲太努力的程度，很整人。咲太忍不住「唉」地嘆了口氣。

『咲太，你能等這麼久嗎？』

麻衣調皮地對失望的咲太一笑。

「咦？」

麻衣的回應和猜的不一樣，咲太不禁發出脫線的聲音。

『這件事，等我考完吧。』

麻衣的聲音稍微變小。那是帶著一點害羞與掩飾害羞的笑意的難為情聲音。

「真的嗎？」

『怎麼了，不開心嗎？』

不用說，當然開心。只是……

「以麻衣小姐的個性，我還以為在我考上大學之前，連一根手指都不會給我碰。」

『要是這麼做，我不就也不能碰你了嗎？』

「麻衣小姐，妳欲求不滿？」

『不是色色的意思喔。』

咲太調侃地說完，麻衣以正常的語氣回應，這令咲太內心覺得怪怪的。平常的麻衣聽咲太這

麼說，肯定會威脅：「既然這樣，就真的在你考上大學之前這麼做喔。」肯定會像這樣捉弄走投無路的咲太，露出開心的笑容。

「麻衣小姐，發生了什麼事？」

『怎麼突然這樣問？沒有啊，拍攝也很順利。』

麻衣回答的話語過於自然，完全沒有剛才透露出的異樣感。不過，櫻島麻衣就是做得到這種事，她是演技從童星時代就獲得肯定的真正的演員。

所以咲太很自然地這麼問：

「我可以現在去抱緊妳嗎？」

『涼子小姐會生氣，就免了。』

麻衣把咲太這句話當成玩笑話一笑置之，聲音開朗無比，毫無陰霾。感覺得到她由衷享受著和咲太的對話，完全是咲太喜歡的麻衣……

『你要好好等花楓回家喔。因為對花楓來說，回到有你等待的家，今天的測驗才算結束。』

咲太思考接下來要說什麼的時候，麻衣對他這麼說：

『啊，抱歉，涼子小姐在叫我，我得回去了。』

「麻衣小姐，謝謝妳。」

『嗯？』

「隔了三天聽到妳的聲音，真是太好了。」

『以後連日拍攝的時候，我每天都會打電話給你。我明天回去。再見。』

麻衣以溫柔的聲音低語之後結束通話。直到前一秒都在耳際感受到的麻衣氣息瞬間消失。

繼續拿著話筒也沒用，咲太將話筒掛回電話。

「麻衣小姐去的是京都的哪裡啊……」

如果現在出發，最快抵達的交通方式是哪種？感覺比起搭小田原線，從新橫濱轉搭新幹線比較快。

咲太開始思考這種事的時候，電話又響了。

「麻衣小姐忘了說什麼嗎？」

咲太朝話筒伸出手，同時確認螢幕上的號碼。顯示的號碼和剛才不同，是以熟悉的外縣市區號開頭的陌生號碼。

不過，咲太因而有種預感。不太好的預感……

「喂，這裡是梓川家。」

咲太收起表情接電話。

『啊，我是峰原高中的教員……』

咲太對這個男性的聲音有印象。是他的班導。

「老師，是我，梓川咲太。」

『噢，梓川嗎？』

恭敬的語氣稍微放鬆，不過聲音隱含的緊張感沒有消失，在打電話來的時間點，咲太就已經知道箇中原因了。

「花楓她……我妹發生了什麼事嗎？」

咲太原本就已經將花楓的事情告知校方。長期拒絕上學，考試時身體可能會出狀況。

『嗯，沒錯。午休時間，她好像變得不太舒服。』

「……」

『她正在保健室休息……但是看起來不想和任何人說話。』

咲太並不是沒想過這個可能性，早就覺得很可能會發生這種事。不過，咲太希望不會發生這種事，看到花楓最近努力的樣子，內心某處也期待船到橋頭自然直。

所以聽到班導這番話的瞬間，咲太覺得受到打擊。

然而，現在不是消沉的時候。

『梓川，現在能過來一趟嗎？』

「我立刻過去。」

咲太如此回應時，內心已經保持平靜。

『我也想聯絡家長……』

「我來轉達。」

『這樣啊，知道了。等你過來。』

通話就此結束。咲太沒放下話筒，就這麼結束通話，接著打父親的手機號碼。鈴聲響好幾次之後，進入語音信箱。

「學校通知花楓午休的時候身體不舒服。我現在過去。再聯絡。」

咲太只簡短說明用意之後，終於放下話筒。

大約還剩一半的午餐，咲太硬塞到肚子裡，匆忙換好衣服，抓起外套就衝出玄關。

3

通往藤澤站的這條路，咲太今天早上和花楓花了二十分鐘走完，這次則是約五分鐘就跑完。

咲太氣喘吁吁地抵達江之電藤澤站，看見開往鎌倉的電車停在月臺。刷卡進站，在發車鈴聲響起的時候跳上電車。

不久，車門關閉。

電車緩緩起步，維持緩慢的速度行駛在軌道上，抵達下一站石上站。數人上下車，然後再度溫吞地起步。

如果沒急事就不會在意這種車速。看得見沿海街景的復古風格電車，反倒為容易乏味的通學路線增添風情。

對現在想趕往學校的咲太來說，這個速度令他著急得不得了。但在停靠下一站的時候，焦急的心情自然消散。

因為咲太察覺到車上觀光客的笑聲以及這座城市居民的氣氛，和緩慢行駛的電車速度取得平衡。格格不入的是咲太才對。

咲太反倒覺得電車像是在叫人冷靜，便找空位坐下。

實際上，咲太著急也沒用。畢竟電車不會加速，而且為了花楓，咲太當然是冷靜比較好。

因為無從保證父親趕得過來，花楓能依賴的只有哥哥咲太。

咲太擦拭額頭的汗水，調整還有些急促的呼吸。深吸一口氣，多花點時間慢慢吐氣。重複好幾次之後，因為跑到車站而著急起來的心情也逐漸平復。

電車以既定速度持續行駛約十五分鐘後，依照時刻表準時將咲太載到七里濱站。

從車站走一小段路就抵達峰原高中。咲太小跑步穿過校門，前往賓客用入口。比起走學生用的入口，走這裡到保健室比較近。

擅自取出拖鞋，脫掉的鞋子也扔著不管，進入校舍。考試還沒結束的校舍洋溢獨特的寧靜。隱約感覺得到人的氣息，卻幾乎沒有聲音。只有屏息的緊張感隨著冬季的冰冷空氣，一起刺痛咲太的肌膚。

咲太像是要甩掉這種感覺，踩響拖鞋，在走廊大步前進。

剛才打電話的班導在保健室前面等待。他察覺咲太接近，投以有點嚴肅的表情。

「梓川，來得真快啊。」

「我趕過來的。」

咲太理所當然般回答。「我妹呢？」他輕聲問。

「在裡面休息……」

看向保健室門的班導簡短回答，完全沒具體說明花楓的狀況。只不過，從他的側臉感受得到困惑。

「不好意思，給您添麻煩了。」

咲太微微低頭致意。

「明明早就聽過你妹妹的狀況，卻沒能幫上忙，我才要道歉。」

「不，謝謝老師。您打電話通知，幫了大忙。」

咲太說完，盡量不發出聲音地打開保健室的門……

保健老師背對這裡，坐在室內深處的桌子前面。咲太一關上門，老師就旋轉椅子轉身。

咲太在視線相對時點頭打招呼，保健老師默默指向布簾隔間的病床，示意花楓躺在裡面。

咲太從布簾縫隙入內，坐在床邊的圓凳上。

眼前的床上沒有花楓的身影。更正，看不見花楓的身影，只看見一個隆起的被窩。

「花楓。」

咲太一呼喚，床上的球形物體抖一下產生反應。看來不是在睡覺。

「是我，可以露出臉嗎？」

「……」

沒回應。這次一動都不動。

「有哪裡痛嗎？」

「……」

還是沒回應。

咲太過來之前，大概一直都是這個樣子吧。所以班導不知道該說什麼，保健老師也是，雖然陪著花楓，卻刻意保持距離。因為對現在的花楓來說，有人在身旁是非常難受的事。

「我聽老師說了。妳午休的時候身體不舒服。」

「……」

「難道是因為我的便當？是的話，那就抱歉了。」

咲太以為這次也沒回應。

「……便當，很好吃。」

不過，被窩裡傳來細微又沙啞的聲音。

「所以，說不定是好吃到讓妳渾身不對勁。」

「……不是啦。」

語氣變得有點情緒化。

「……早上，我很早出門。」

「嗯。」

「也比大家早到學校。」

「這樣啊。」

「可是，教室裡已經先有兩個人……」

「第三名可以上頒獎台喔，妳是銅牌。」

對於咲太的這個玩笑，花楓不為所動。

「剛開始，我害怕進教室……不過進去之後也沒人看我，所以我好好坐在座位上……」

「早點出門是對的。」

「嗯。後來人愈來愈多，不過大家都用功到考試前一刻……沒人在意我。」

「大家都很拚命啊。」

考上與沒考上，二選一的岔路。一旦失敗就伸手不見五指，看不見未來。這件事對國中生來說非同小可。

「然後，學校打鐘了，老師說明考試過程……第一堂的英文考試，寫得很順手。」

音調稍微變開朗。

「這樣啊。」

「和香小姐教的問題有考，我覺得太棒了。」

「豐濱不愧是以高學歷偶像為目標啊。」

和香一反金髮時尚辣妹的外貌，功課很好。

「第二堂的國文也出了麻衣小姐教過的漢字書寫題，我有寫好喔。」

「不愧是我的麻衣小姐。」

「第三堂的數學，也出了哥哥講解過的因數分解……」

「成功解開了嗎？」

「嗯，解開了。」

「畢竟妳很努力念書啊。」

決定報考之後，到今天考試當天的時間不是很長，大約一個月。即使如此，在這有限的期間，咲太認為花楓真的很認真念書，也好幾次用功到深夜睡著。

「多虧哥哥、麻衣小姐與和香小姐，上午考得很好。」

「太好了。」

「真的，考得很好耶……」

花楓愈說聲音愈哽咽，還像鼻塞那樣，變得有點破音。

「中午，便當也很好吃……想說下午也要努力……」

花楓咬著牙關，聲音顫抖。

「這樣啊。」

「可是……可是……」

「……嗯。」

「我還是不行。完全不行！」

花楓尖銳的聲音響遍寧靜的保健室。

「不是完全不行吧？因為上午考得很順手。」

「……有女生穿同款制服。」

「……」

「去洗手間的時候，在走廊……眼神對到……」

這裡說的同款制服，指的當然是和花楓一樣的制服，花楓終於能開始到保健室上學的那間國中的制服。換句話說，是就讀同一所國中的同學。彼此考試的教室不同，是因為花楓選擇人少的日子繳交申請書，並不是和學校眾人一起繳交申請書。也因此，准考證號碼才和同一所國中的學生差了一大段吧。

「想到她看見我……我就開始害怕，不舒服……手腳、肚子、全身都好痛……瘀青擴散，沒辦法動……明明要考試……」

花楓一邊啜泣，一邊發抖。

「明明想努力……明明想回到大家在的教室，可是只要想到一定得回去，胸口就像是被抓住……不敢回去……明明不久之前都沒問題，卻止不住害怕……」

一邊發抖一邊為沒能努力的自己嘆息，在蓋著被子的黑暗中哭泣。

「花楓，妳確實很努力喔。」

「沒有努力啦……」

咲太這句話使得花楓哭得更傷心。

「因為努力過，現在才會不甘心吧？」

「！」

花楓一度被咲太這句話打動。

「就說沒努力了啦！」

但是，她以幾乎不成聲的想法否定。

「一點都沒努力啦……沒能努力……」

花楓頑固地重複這句話。

「完全不行……沒努力，明明想努力……我卻……」

「花楓很努力喔。要相信一直在旁邊看著妳的我。」

這當然是咲太的真心話。花楓反倒是努力過頭了。即使如此，咲太的話語依然傳不進花楓的內心。

「另一個我，曾經比我還努力啊！」

悲痛的叫喊再度響遍保健室。保健老師還是在意狀況，從布簾縫隙探頭進來。咲太以眼神示意「沒問題」。接著，保健老師微微點頭，回到座位。

「……」

「……」

只留下咲太與花楓的沉默。

直到剛才都沒在意的暖爐低沉的運轉聲聽起來特別清晰。

咲太思考要對花楓說什麼，卻想不到正確答案。

——另一個我，曾經比我還努力啊！

花楓內心顫抖如此大喊的悲傷何其強烈，世上很難再找到具備相同情感強度的話語。

先說話的人是花楓。

「全部，都是因為有另一個我……」

「妳的努力屬於妳自己吧？」

這肯定是事實。

「麻衣小姐對我好，和香小姐對我好，都是因為另一個我一直幫我努力啊……」

花楓流著眼淚，蓋著被子放聲大哭。

「另一個我……給了我全部，把大家的溫柔都給了我……可是我……什麼都做不到……」

咲太知道花楓的心落入深沉的悲傷。

「明明教了我好多……我卻完全沒辦法報答麻衣小姐、和香小姐跟哥哥……另一個我……我什麼都報答不了……」

花楓對此感到悲傷，不斷哭泣。

「沒關係，不需要什麼報答。」

大家都不是想要獲得回報才為花楓加油打氣。老實說，咲太一開始就不堅持讓花楓就讀峰原高中，也不認為這是唯一的正確答案。

有其他更重要的事。非常單純又簡單的事。

希望花楓幸福，感受著幸福活下去。這是咲太唯一的願望。為平凡的事情歡笑，覺得這樣的日子也不差，度過每一天，這樣就好……咲太祈求的是這種幸福。

「不是這樣啦！」

但是，花楓沒理解他這個想法。對現在的花楓來說，報答別人是最重要的事，花楓認定這是咲太想要的幸福。

「上一個我，一定比較好……」

花楓輕聲說。

「維持上一個我比較……」

腦袋理解這句話的意思之後，類似驚訝或著急的感覺竄過咲太全身。接下來，他察覺這份情緒的真面目是無從宣洩的懊悔。

「花楓，聽我說……」

不由得說出口的話語帶著些許煩躁。不是對花楓感到煩躁，是對逼得花楓講出這種話的現實感到煩躁。

「哥哥也覺得另一個我比較好吧……？」

「！」

隨著無法言喻的沸騰情感，咲太猛然從圓凳起身。無法接受的心情在體內形成漩渦，是火焰的漩渦。在這份情感即將脫口而出時……

「梓川，方便嗎？」

有外力介入。

拉開布簾的男老師是咲太的班導。

「……」

來得不是時候，咲太忍不住默默瞪過去。

「我晚點再過來嗎？」

看見有點畏縮的班導，咲太得以稍微取回冷靜。

「……沒關係。什麼事？」

「剛才測驗結束，教室空了。妳妹妹的東西還在教室。」

咲太聽完，先將視線移回花楓那裡。

「……」

她依然蓋著被子。

以煩躁的心情繼續說下去也只會變得過度情緒化，所以咲太對班導說：「我知道了。」
然後，他只對花楓說：「我去去就回來。」不等回應就離開床邊。

班導帶咲太來到二年一班的教室。
平常咲太使用的場所，花楓在這裡應考。
當然不是坐咲太的座位，不過想到花楓曾經在這幅熟悉的景色中就感慨萬千。
「之後交給你沒問題嗎？我還有工作。」
班導一臉歉意這麼說。
「好的，謝謝老師。」
「有什麼事就叫我喔。」
咲太點頭之後，班導微微點頭回應，走出教室。
教室裡只有咲太一人。
經過講桌前面，走到窗邊。只有第四個座位留著文具用品、准考證與包包。
從這個座位可以清楚看見七里濱的海。如今太陽也開始西斜，帶點感傷的氣氛，不過在天氣好的上午，放眼望去肯定是令人舒暢的景色。
「但她應該沒餘力看海吧……」

咲太認為花楓應該一進教室就微微低著頭走到自己的座位。坐好之後拿出准考證，拿出文具用品，接著肯定一直低著頭，避免和別人視線相對。

總覺得這樣很可惜。

咲太一邊思考這種事，將准考證與文具用品收進花楓的包包。此時，他的手碰到包包裡一本厚厚的筆記本。

「這是……？」

裝訂厚實的熟悉筆記本。這是咲太買的，所以他當然記得。咲太送給「楓」的筆記本，封面寫著「梓川楓」。

咲太忘不了的「楓」，兩年來的點滴都記錄在這本日記裡。

「特地帶來嗎？」

考試不需要這個東西。因為就算看日記，上面也沒寫應考的有效對策。

即使如此，花楓還是將這本筆記本放進包包，一起帶來這個地方。

咲太的手自然伸向筆記本。

從包包拿出來，隨便翻閱。

此時，大概是打開太多次折到了，筆記本大幅打開某一頁。

寫在上面的是「楓」的字。感受得到「楓」多麼努力，仔細寫上的每字每句。

在這一頁，咲太發現一行字。

——想和哥哥讀同一所高中。這是楓的夢想之一。

看見的瞬間，身體中心逐漸發熱。這股熱度一口氣衝上鼻腔，為咲太的眼角加溫。

要不是連忙抬頭忍住，淚水就會滑落到筆記本上。

「說的……也是……」

硬擠出來的聲音還殘留溫熱淚水的氣息。

咲太早就隱約知道了，想像得到應該是這麼回事。不過，像這樣目睹「楓」的話語，這份情感就狠狠揪住咲太的胸口。

是的，就是這樣。正因如此，花楓才堅持要考峰原高中。

因為這是「楓」的願望。

曾經竭盡所能努力的另一個自己。花楓休息的這兩年，代她拚命活下去的「楓」懷著這個夢想……這是「楓」沒能實現的夢想。

花楓想報答另一個自己，所以說想考峰原高中。

為了考上，每天努力念書。

今天在午休時間病倒，她那麼自責，甚至對咲太說出那種話。

——哥哥也覺得另一個我比較好吧……？

咲太緩緩反覆深呼吸，平息鼻腔深處的刺激。然後靜靜闔上「楓」的日記，放回包包。

之後，咲太連花楓的大衣也一起帶著，走出二年一班的教室。

行經走廊，走樓梯到一樓。

雖然朝著保健室的方向走，抵達保健室時卻過門不入。

他來到學務室前面，拿起孤零零地設置在走廊角落的公用電話話筒。

連續投入好幾枚十圓硬幣。

「……」

默默輸入十一位數字。

這是他記得的號碼之中最近才記住的一組。

鈴響三聲，電話接通了。

『喂……？』

有點警戒的女生聲音。

「豐濱嗎？是我，梓川。」

『果然是咲太啊。』

「因為全世界只有我會打公用電話了。」

『怎麼突然找我？』

和香把咲太這句話當成耳邊風，詢問用意。

「我有個請求。」

咲太直截了當地回答。

『……？』

大概是對咲太的發言感到意外，和香瞬間像受驚般吐了口氣。

「這件事應該只能拜託妳了。」

咲太再度這麼說。

『要拜託什麼事？』

大概是從咲太的音調感覺到某些端倪，和香如此反問。

4

二月十六日到十八日這三天，峰原高中校舍用為測驗會場而停課。等到恢復上課時，校內終於開始散發畢業氣息。

差不多在高中測驗的這個時期，私立大學的入學測驗也大致迎向結束。已經從考試解脫的三

年級學生也開始出現，到了恢復上課的第二天，也就是二月二十日，聽得到某些地方傳來開心的笑聲。

和一兩週前的肅殺氣息大不相同。

親身感受到校內氣氛如此變化的咲太，在午休時間沒吃午餐，直接前往圖書室。

並不是想看哪本書，也不是想借哪本書。咲太特地行經寒冷的走廊，來到圖書室的原因只有一個。

因為和麻衣有約。

打開緊閉的拉門。

接著，圖書室內的寧靜彷彿外流到走廊。

咲太踏入室內，伸手關上背後的門，進入沒有他人氣息的圖書室裡頭。

室內空調暖和。咲太靜靜穿過書櫃之間。

走出比咲太還高的書櫃後方，終於在靠窗的座位發現一個人影。

上半身挺直的背影。

亮麗的長黑髮。

是麻衣。

即使咲太接近，麻衣也沒做出發現他的反應。

覺得有點疑惑的咲太再靠近麻衣一點，發現她兩耳戴著耳機。筆記本與針對測驗的問題集攤開放在桌上，但麻衣的注意力集中在手上的智慧型手機畫面。

大概是相當專心，即使咲太從背後悄悄接近，麻衣也沒察覺。咲太抓準這個機會，伸出雙手從後方摟住麻衣，包覆整個人似的緊緊抱住。

「……」

還以為麻衣會嚇一跳，但她不只沒發出聲音，也沒嚇到往上彈。即使咲太摟住她，身體也沒繃緊。看來她早就察覺咲太來了。

有點失望的咲太鼻尖撫過一股甜美的芳香。

「麻衣小姐好香。」

光是這樣就恢復精神了。

「不要聞啦。」

麻衣笑著俐落地輕戳咲太的額頭。

「好痛！」

「真誇張。」

咲太的反應令麻衣再度害臊般笑了。說來意外，她沒責備咲太現在進行式的擁抱，也沒說「差不多該給我放手了」。

「……」

「……」

麻衣就這麼接受咲太的行為，依然放鬆地看著手機。

這反倒招致不安，所以咲太決定主動詢問。

「麻衣小姐。」

「什麼事？」

「這樣抱著妳沒關係嗎？」

「沒關係，反正是冬天。」

麻衣惡作劇似的挑逗咲太。

「冬天真是太棒了。」

如果是這樣，希望永遠是冬天。

「要是得寸進尺摸到奇怪的地方，我會生氣喔。」

「麻衣小姐沒有任何地方奇怪啊。」

手的位置不經意朝胸口往下。

「你想現在就放手嗎？」

「麻衣小姐沒有任何地方奇怪，我是說真的。」

「……」

咲太害怕這股無言的壓力，乖乖讓手回到原位。只能摸到肩膀部位。即使如此，還是能充分感受到洗髮精的芳香，心跳與體溫逐漸傳來。和喜歡的對象親密接觸莫名地舒服。

「麻衣小姐在看什麼？」

咲太隔著肩頭，從後方俯視麻衣手上的智慧型手機。畫面播放著CG加工的影片，但咲太不知道是什麼影片。

此時，麻衣取下單邊耳機，借給咲太。咲太將耳機戴在左耳，隨著輕快的音樂，女性令人舒暢的歌聲傳入耳中。

「以社群網站為中心廣受歡迎，現在國高中生之間流行的作品。同一間經紀公司的女孩在上次一起拍攝的時候告訴我的。」

麻衣說到這裡傾斜手機畫面，讓咲太也能看清楚。帶著神祕與奇幻氣氛的影像，持續配合音樂切換。設計成感受得到其中的故事，首先靜靜地開始，途中表達情感，進入副歌的時候讓心意爆發。這就是簡稱MV的音樂影片吧。

咲太覺得好像在哪裡聽過，卻不記得是在哪裡。既然在國高中生之間流行，自然有機會聽到吧。像是學校下課時間、打工地點，或是電車上。

不時出現像是歌手本人的人物身影，表情卻遮住看不見。乍看給人的印象和咲太與麻衣年齡

相近。

「沒公開長相與身分，好像也是受歡迎的祕密。」

影片是以「霧島透子」這個名字上傳。咲太不經意覺得這是個美麗的名字。不過既然沒露臉，這個名字或許也像是筆名之類的吧……

繼續播放的歌曲，聽起來像是從名字的透明感聯想得到的童話故事。

不過，歌曲蘊含的情感是在現代社會也能通用，人與人之間才能產生的愛情、友情、孤獨與溫柔。

隱約可以理解為何會受到國高中生喜愛。感覺像是赤裸呈現內心模糊的不安與不滿，貼近這樣的情感。

咲太與麻衣都在途中不再說話，聽完這首約五分鐘的歌曲。

畫面回到最初的場景。顯示出是否要重播的圖示時，麻衣拿下耳機，手機畫面也關掉了。

「麻衣小姐的感想是？」

「我覺得影片很用心，歌曲也很舒服。這樣就能跟告訴我這首歌的女孩說感想了。」

麻衣最後補充像是真心話的這句話開個小玩笑。看來藝人之間的交際也很辛苦。

「不提這個。咲太。」

「嗯？」

「差不多該給我放手了。」

「咦～～」

「好熱。」

「明明是冬天啊。」

「這個姿勢看不到你的臉啊。」

咲太不肯罷休，麻衣一派從容地這麼說。

「既然麻衣小姐這麼說，那就沒辦法了。」

咲太放鬆雙手，離開麻衣並挺起身子，坐在麻衣正對面的座位。

「沒想到麻衣小姐喜歡我的臉啊。」

「可以說看不膩吧。」

感覺這不是什麼令人開心的評價。

「俗話說美女三天就會膩，那絕對是假的。」

「為什麼？」

麻衣明明心知肚明，卻頗為愉快地這麼問。

「因為和麻衣小姐在一起完全不會膩。」

大概是滿意咲太的回答，麻衣嘴角浮現笑容。那是有點心花怒放的微笑。

不過，她像是想起什麼事，斂起表情。

「後來，花楓狀況怎麼樣？」

「順利地消沉中。」

「這樣啊……」

四天前，花楓來到咲太與麻衣現在身處的峰原高中應考。原本過完年開始到保健室上學的她，從那一天之後不只沒去國中，甚至足不出戶，再度回到看家的每一天。

「明明那麼努力了……」

沒錯，如麻衣所說，花楓很努力。拚命念書，忍著恐懼出門考試，上午好好參加考試……花楓可以引以為傲。

不過，對於自己的努力，花楓認為「另一個我更努力」，認定自己沒「楓」那麼努力。

想讀峰原高中。沒能實現「楓」的這個夢想，花楓感受到責任。咲太、麻衣與和香教她功課，她卻沒能報答他們，令她耿耿於懷。

無論是咲太、麻衣、和香或是「楓」，明明都沒有責備結果的意思。

「只有這一關，非得由花楓自己克服了。」

「嗯。」

麻衣溫柔地點頭。

後來，宣告午休再五分鐘就要結束的預備鈴響了。

「很可惜，今天的約會到此為止。」

「還有五分鐘喔。」

麻衣以笑容駁回咲太的提議，將桌上攤開的筆記本與問題集收進包包，就這麼起身，披上大衣。

「……」

咲太沒站起來，只是仰望麻衣。

「那麼，我回去了。」

即使試著耍賴，麻衣也沒心軟。

咲太不得已，也站了起來。

「女友下週要考試，你有什麼話要說嗎？」

麻衣帶著笑容要求咲太講幾句話。

「請加油。」

咲太抱著有點複雜的心情為麻衣打氣。

麻衣給他的獎賞是只給他一個人看到的有點害羞卻又開心的笑容。

麻衣回去之後，咲太只好回到二年一班教室，頗為認真地上完第六堂課。

後來，他放學後去打工，一如往常一邊捉弄朋繪一邊工作到晚上九點。

下班三十分鐘後到家。

「我回來了～」

咲太打開門，一邊對屋內這麼說一邊脫鞋走上玄關。

客廳的燈開著，花楓卻不在裡面，只有縮在暖桌桌面的那須野「喵～」了一聲。

花楓房間的門關得緊緊的。

不過，看來並不是一直窩在房裡。那須野所在的暖桌上留著花楓走出房間的痕跡。

整齊疊好的Ａ４信封，藍黃綠白，用色各有不同。裡面都是函授制高中的入學說明。

一半是咲太每週末參加學校說明會領取的；另一半是父親以同樣方式收集到，或是美和子給的。總共十五所學校。

隨手放在桌上，希望花楓注意到的這疊說明手冊，堆疊順序和今天早上不同。

應該是花楓拿起來看過吧。

拿起一個信封檢視內容物，發現手冊翻過的痕跡。

咲太將手冊裝回信封放在暖桌上時，背後傳來開門聲。花楓一副戰戰兢兢的樣子，從稍微打開的門縫露出臉。

「我回來了。」

視線相對時，咲太說了。

花楓視線立刻往下。不過，她輕聲回應：

「哥……哥哥，歡迎回來。」

花楓打開門，走出房間。

「……」

感覺像是要說些什麼，卻為難似的忸忸怩怩，大概是沒勇氣抬起頭吧。

即使如此，咲太還是耐心等待。

「那……那個……」

花楓開口了。

「嗯？」

「上次……的事……」

花楓就這麼看著地板某處。

「上次的？」

「考試那天……的事……」

「嗯。」

「我對哥哥……說的那件事……」

花楓疊在肚子前面的手掌無意義地摩擦，一副靜不下心的樣子。

咲太自認早就知道花楓想說什麼。不只是今天，包括昨天與前天，咲太都和花楓進行了類似的互動。

考試那天的事。

花楓對咲太說的那件事。

不用說，一定是那件事。

不過，如果咲太主動先說「我知道」，應該不是為花楓著想的做法。因為這大概是花楓非得自己解決的事，不是能由咲太講道理讓她做個了斷的問題。

「……」

「……」

等了一段時間，花楓還是沒說下去。

「還是……算了……」

還以為她終於開口了，卻把頭垂得更低。

咲太以一如往常的調調對這樣的花楓說話。

「我說啊，花楓。」

「什……什麼事？」

花楓肩膀一顫，揚起充滿戒心的視線看向咲太。

「明天，有空嗎？」

「咦？」

「週六學校放假，應該有空吧？」

「咦，啊，嗯……」

花楓即使不知所措，依然受咲太引導而點點頭。

「吃完午餐，要和我一起出門喔。」

「咦？」

「那就這麼說定了。」

咲太只做完這個單方面的約定就進自己的房間換衣服。雖然感覺花楓隨後跟了過來，但結果還是沒對咲太說話。

5

「哥哥，要去哪裡？」

從藤澤站搭東海道線的時候，花楓詢問沒說明目的地的咲太。

依照昨晚的約定，中午一起吃完咲太做的炒飯之後，咲太帶著花楓出門。

從車窗看向晴朗的冬季天空，愈遠愈染上雪白的顏色。

「辻堂。」

咲太說的是站名。

站在門邊抓著扶手的花楓看向車內貼的路線簡圖。若是從藤澤開始找，應該很快就能找到辻堂。

「辻堂是指下一站嗎？」

「下一站的辻堂。」

門上的電子告示板顯示下一個停靠的車站是「辻堂」。

兩人這樣交談時，順暢地奔馳的電車接近車站，開始煞車減速。花楓雙手抓著扶手支撐身體以免踉蹌。

電車到站之後，咲太與花楓下車來到月臺。

等待前往驗票閘口的人潮稍微緩和之後踏出腳步。

「哥哥，要去哪裡？」

從月臺爬樓梯的時候，花楓再度從後面詢問。

「就說了，辻堂。」

「已經到辻堂了啊。」

「那麼，再來是東驗票閘口的北門。」

雖然搞不懂究竟是東還是北，不過看向導覽板，驗票閘口只有東西兩側。相較於三條路線交會的藤澤站，這一站感覺有點小，不過上下車的乘客很多。

說起來，最近進行大規模重建的車站，周邊建築物反而比藤澤站還要先進又現代化。

走出驗票閘口，立刻看見目的地北門。只能走南門或北門二選一，所以無從走錯。

許多人在站內來來往往，年齡層整體來看比較年輕。可以常看到和咲太年紀相仿的團體，或是大學生年紀的情侶。此外，年約二十五到三十五歲，帶著小孩的小家庭也很顯眼。

兩人順著人潮走在其中。

「哥哥，所以到底要去哪裡？」

此時，花楓以不太高興的語氣再度詢問相同的問題。
看來終於耐不住性子了。
「到了。」
咲太說完，視線投向眼前巨大的購物中心。以加裝遮陽棚的通道連接車站，人潮從驗票閘口延伸過去。
「這裡？」
咲太帶著歪頭納悶的花楓進入建築物。
「記得是在這裡的某個地方沒錯……」
咲太往裡頭走沒多久就停下腳步。原本以為隨便走應該就能找到目的地，不過大錯特錯。購物中心的樓面太廣，完全不知道哪裡有什麼。咲太環視周圍，發現設施的導覽圖，決定靠地圖來找。
不過，導覽圖記載的資訊量也很多，要從地圖找出唯一的目的地並不容易。
「……」
咲太兩眼無神地看著導覽圖時，花楓擔心地從旁邊盯著他看。
「哥哥？」
「花楓，幫我找活動舞台。」

「咦？」

「只能靠妳了。」

「唔，嗯……」

咲太不知所措地交待花楓這項工作後，花楓便專心地注視著導覽圖。一對大學生情侶說著：

「聽說這裡是東京巨蛋的三倍大喔。」「這是怎樣，超猛的～」然後從後方經過。

「三倍大喔。」

花楓應該也聽到了，所以咲太試著聊這個話題。

「我沒去過東京巨蛋，不知道有多大啦。」

「既然是日本人，真希望用榻榻米的張數來計算對吧？」

「大概幾張榻榻米大？」

「大概十萬張左右吧。」

「……這我也完全沒辦法想像啦。」

「是嗎？就十張榻榻米的一萬倍啊。」

「啊，活動舞台！」

將咲太的淺顯解說當成耳邊風，不知何時打開樓層導引手冊的花楓發出開朗的聲音。她指向一樓的戶外區。

「這裡。」

上頭確實標示著「活動舞台」。

仔細一看，位於入口不遠處。

白白繞遠路抵達的舞台前面，大致看一下，大概聚集了三百人左右。男性約七成，女性三成，年齡從十幾歲到四十幾歲。他們的目的當然在台上。

『今天雖然時間短暫，不過謝謝大家！』

從喇叭大聲傳來的是手握麥克風的女生聲音。舞台上是身穿繽紛的服裝，具備偶像氣息的三人組。應該是貨真價實以偶像為職業的人，只是咲太不認識罷了。

三名女生充滿活力地向聲援的觀眾揮手，快步下台。

身影消失之後，聲援停止，稍微安靜下來。

「這裡……嗎？」

咲太在活動會場靠後面的位置停下腳步，花楓困惑地看著他。

「哥哥不是有麻衣小姐了嗎？」

看來花楓有著莫名的誤會。

「等妳看過，很快就會知道了。」

咲太並不是基於個人興趣來參加偶像活動。如果活動按照預定行程進行，差不多是目標人物登場的時間了。

看向舞台，負責主持的小姐呼喚和剛才不同的偶像團體上台。

『甜蜜子彈！』

以此為信號，七人組偶像跑上舞台。

「啊……」

花楓看到她們，張嘴愣住。

「是和香小姐。」

在一群黑髮的人當中，唯一以金髮吸引目光的人，確實是和香。花楓知道和香是偶像，卻是第一次看見。實際目睹她的樣子，就可以理解花楓這種愣住的心情。咲太也是，在遇見麻衣與和香之前，一直懷疑藝人是否真實存在。

會覺得「原來真的有這種人啊」這樣。

包括和香在內的七名成員排成一列，齊聲向會場問好。

『活動時間被拖到必須加快腳步，所以第一首要開始了！』

接著，站在正中央比較高的女生——廣川卯月坦白說了。

會場瞬間發出笑聲。

像是要吞噬笑聲，開始播放歌曲前奏。甜蜜子彈的演唱會從卯月響亮的獨唱開始。觀眾的熱度一口氣提升。即使是白天，最前排還是有熱衷粉絲揮動著螢光棒。

七名成員像是要回應台下，一邊變化隊形一邊表演默契十足的舞蹈。剛柔結合的表演逐漸令會場著迷，尤其是站在中間，唱歌跳舞都處於領導地位的廣川卯月，就外行人看來也很亮眼，甚至看得出花楓的視線自然追著她跑。

在旁邊跳舞的和香並不是不亮眼，不過卯月擁有奇妙的存在感。生氣勃勃，洋溢生命力的感覺。不誇張，她在舞台上的笑容看起來真的閃閃發亮。雖然不知道這股能量源自何處，但她確實具備吸引目光的魅力。

就這樣，和香她們用盡全力到最後，唱完一首歌。

音樂停止之後，響起一陣歡呼聲。「月月～～！」會場首先有人呼喚卯月，其他成員也是被以綽號稱呼，也有人大喊：「小香～～！」為和香應援。如果沒人喊她，咲太就準備大喊：「小香～～！」所以還真可惜。

甜蜜子彈的成員們隨手擦汗，調整呼吸，臉上帶著笑容揮手回應粉絲的聲援。

只唱了一首歌，而且是在冬季的寒空下，不過即使站得遠遠的也看得出她們滴著閃亮的汗珠。她們就是如此全力熱舞。

卯月甚至冒著蒸氣。

『月月，妳發出光暈了。』

察覺這一點的和香立刻在換歌的空檔調侃她。

『真的嗎？那我今天狀況很好。』

卯月說出莫名其妙的邏輯，一臉被稱讚的樣子，有點害羞地笑了。

『回到這裡，果然會表演得更起勁耶。』

她就這麼帶著笑容，徵求成員們的同意。不過，包括和香在內，卯月以外的六人聽到這句話都愣了一下。

『咦？只有我？』

沒能獲得共鳴，卯月以麥克風發出困惑的聲音。

『月月，妳說「回到這裡」是怎麼回事？』

卯月旁邊的短髮成員戰戰兢兢地詢問。

『因為，這裡不就是我們第一次演唱的地方嗎？』

『……』

甜蜜子彈的成員，甚至連聚集的粉絲們都沉默了。「空氣凍結」就是指現在這樣吧。

『咦？第一次演唱的地方不是這裡？我搞錯了？』

大概終於察覺到不對勁，卯月露出含糊的笑容。

『今天是第一次來這裡喔。』

短髮女生輕聲告知。然而，麥克風確實收到她的聲音，悄悄話也全都聽在粉絲耳裡。不過這當然都是故意的……

『不會吧？我被外星人篡改記憶了！怎麼辦！』

『不准怪到外星人頭上！』

和香笑著立刻吐槽，會場隨即充滿響亮的笑聲。令人會心一笑，又莫名帶點溫馨的氣氛。對聚集在這裡的粉絲們來說，應該是習以為常的互動吧。咲太感覺得到。

『那個～～要唱第二首了！今天這是最後一首，所以要完全燃燒！』

卯月一股勁地矇混過去，真的開始播放下一首樂曲。

「總……總覺得，那個人好厲害耶。」

花楓以困惑的表情率直地說出感想。

「那個很厲害的人啊，沒辦法適應全日制的學校，改上函授制的學校喔。」

「咦？」

「我瞞著妳去參加學校說明會，她偶然出現在學生專訪的影片。我向豐濱確認，她說就是這樣沒錯。」

「……是喔。」

這句回應給人一種先講出口再說的感覺，花楓似乎並沒聽懂。
或許是從卯月在舞台上活力四射地唱歌跳舞，揮灑笑容又頻頻耍笨的模樣，不太能想像這種事吧。
「關於峰原高中的事……」
「……！」
咲太知道花楓一聽到這所學校的名字，肩膀就一陣緊繃。她現在應該不太想聽到這個校名吧。因為她認為週一的考試失敗了，對於沒能努力的自己感到愧疚，即使明明沒這回事。
「如果妳的志願是上那所學校，今後我也會全力為妳加油。」
「……可是，已經考完了啊。」
「還有二次招生之類的吧？」
「……」
「不過，如果妳自己並不想讀峰原高中，就不必勉強認定自己想讀峰原高中喔。畢竟麻衣小姐也這麼認為，豐濱也是，爸爸與友部小姐也都不希望這樣。我想『楓』肯定也是。」
「！」
「我在想，只要妳能在每天生活的點點滴滴感受到幸福就好。像是早餐的炒蛋很好吃，不過偶爾做失敗，看著炒過頭變硬的蛋說『這個失敗了』笑著吃掉，或是麻衣小姐也教妳做法，結果

陷入苦戰之類的。為這種平凡的事情歡笑，覺得快樂，就這樣度過今天、明天與後天，這就是我的願望。我並沒有希望妳實現『楓』的願望。」

即使說很久，話語也沒中斷。不需要一邊想一邊說，因為這都是咲太內心的想法，內心的話語，是他一直在想的事情。

「哥哥……」

「比方說，即使妳考上峰原高中，要是非得忍著某些事情上學，那我一點都不會高興。」

「嗯。可是……」

花楓欲言又止。

「在意什麼事就全說出來吧。」

咲太見狀如此催促，花楓稍微思考之後緩緩開口。

「可是……我想和大家一樣，這是真的。」

花楓輕聲吐露想法。

「和大家不一樣，會覺得丟臉……」

「那麼，那個站中間的女生丟臉嗎？」

豪邁地少根筋耍笨，引得哄堂大笑……確實，如果花楓身處相同的狀況應該會撐不住，會想逃走。

「我覺得，那個人很厲害……」

舞台上，卯月將長髮甩亂，還揮灑汗珠，以笑容讓會場變得陽光開朗。

「她明明不是妳所說的『大家』啊。」

「……」

花楓一度開口，卻將要說的話吞回肚子裡，想事情似的看向下方。

就這樣，在播放間奏的時候，花楓靜靜不發一語。

「……我不知道。」

在卯月再度唱歌時，她這麼說。

「那麼，等聽過她怎麼說，知道之後再重新思考未來不就好了嗎？」

咲太認為花楓最好知道世上存在著她所不知道的「大家」。在花楓不知道的地方也有不同的「大家」，若能遇見和花楓處得來的「大家」，感覺可以建立花楓的勇氣與自信。

「要聽誰說什麼？」

「我拜託豐濱表演完撥空給我們，想問她關於學校的各種事情。」

「……所以才來這裡啊。」

停頓片刻，花楓明白今天的目的了。

花楓的雙眼再度注視舞台。

對於咲太的提議，她沒說「好」，也沒說「不好」。不過，看到她目不轉睛地追著卯月身影的側臉，咲太覺得不用問也知道她的回答。

「哥哥。」

花楓就這麼注視著舞台說。

「嗯？」

「不是峰原高中真的沒關係嗎？」

要說出「沒關係」三個字很簡單。不過，要決定的人不是咲太，必須由花楓決定。為了讓花楓是花楓，為了讓花楓成為花楓，咲太認為這是必要的決定。

所以咲太假裝要回答花楓的問題，卻說出完全不同的話。

「『楓』總是很努力喔。」

「……」

「突然在醫院病床清醒……剛開始不知道那裡是哪裡，也不知道自己是誰，明明應該非常不安才對。」

「……嗯。」

「她真的很努力，想要成為我的妹妹。」

為了讓沒能拯救花楓的咲太這次不再後悔……

「『楓』做好妹妹的角色，造就我這個哥哥。」

「另一個我……好厲害……」

花楓以顫抖的聲音說完，咬住下唇。

「所以『楓』消失的時候，我難過得不得了，哭到連自己都難以置信。原來人可以哭成這樣，我嚇了一跳。」

咲太就是如此痛哭過，哭到用盡體內的所有水分都不夠。

「就算是現在，我只要想到還是會差點哭出來。」

「果然，比起我……」

視野一角映出花楓在身旁微微低頭的樣子。所以在花楓繼續說下去之前，咲太對花楓說出重要的話語。

「不過啊，花楓，當時我雖然大哭，卻也同樣開心。真的好開心。」

「咦？」

「因為妳願意回來了。」

咲太轉頭一看，花楓一臉吃驚地看著他，眼角逐漸泛淚。

「……哥哥，真的嗎？」

「當然啊。真是的，妳把我當成什麼人啊？」

「因為，我不知道啊。哥哥沒說，我哪會知道這種事啦……」
花楓流下一顆顆淚珠哭泣。
不過，甜蜜子彈還在唱的歌曲掩蓋過她的哭聲。
「我一直以為，哥哥比較喜歡另一個我……所以……」
豆大的淚珠一顆顆落地。
「我想說……一定要代替她才行……」
咲太輕輕將手放在花楓頭上。
「我沒有比較喜歡哪一邊。不可能有這種事吧？」
「……真的嗎？」
「兩邊都普通。」
「這是怎樣……」
花楓哭成淚人兒的臉蛋仰望咲太。
「兩個都是妹妹，兩邊都普通喔。我要是說自己喜歡妹妹，各方面來看都不太妙吧？」
接著，花楓大概是接受了咲太的說法，雖然還在掉眼淚，卻露出甜美的笑容。這是……恢復記憶之後總是笑得含糊的花楓首度發自內心的笑容。

迷你演唱會結束之後，活動舞台立刻進入撤收模式，回過神來，聚集在會場約三百人的觀眾也已經消失無蹤。

舞台進行善後工作時，只有咲太與花楓留在舞台前方。

之所以特地留下來，當然是為了與和香會合。

兄妹倆都是沒手機的怪胎，要是貿然離開會合地點就絕對見不到面。

花楓才好不容易不再哭了，不過鼻水還沒流乾，面紙差不多快用完了。

「咲太～～！」

咲太煩惱是否要找便利商店買面紙的時候，有人呼喚他。

距離約三十公尺的舞台後方，金髮辣妹朝他揮手。是和香。感覺她缺乏身為偶像的自覺，不過正在撤場的工作人員與周圍的人們似乎沒特別在意。

招手要兩人過去的和香身旁，也看得見換成便服的廣川卯月。

「花楓，豐濱要我們過去。」

「嗯……啊，哥哥，等一下。」

「嗯？」

咲太正要踏出腳步的時候停下，轉身看向後方的花楓。

「下次，我想去動物園。」

視線相對之後，花楓對咲太這麼說。

「要把年票玩到回本才行。」

依照計算，至少要去四次才不會吃虧。

「我想去看熊貓。」

花楓鼓起臉頰對咲太表達抗議。

「花楓，原來妳喜歡熊貓嗎？」

喜歡熊貓的應該是「楓」。

「我尊敬熊貓喔。」

花楓說出難以理解的這句話，追到咲太身旁。

「因為就算被大家圍觀成那樣，也完全不當一回事。熊貓好厲害。」

大概是咲太將疑問寫在臉上，花楓說明原因。

「原來如此。」

咲太對此莫名可以接受。說不定「楓」喜歡熊貓也是這個原因。

咲太一邊思考這種事，一邊和花楓一起踏出腳步，走向招手要他們快點過去的和香。

第四章

是否會作夢

1

和花楓去看甜蜜子彈演唱會的週末假期結束之後，二月的最後一週來臨了。下一個星期日就進入三月，一日將舉行峰原高中的畢業典禮。對咲太來說，是麻衣高中畢業的日子。

不過，雖說距離畢業典禮剩下不到一週，咲太的日常作息也沒有太大的變化。

和全世界一樣，從週一就正常運作。

早上起床，準備上學，然後準時出門。在學校當然好好上課，有排班就去打工，沒排班就直接回家。

遵照麻衣的吩咐，每天念書準備考試。

說到稱得上變化的變化，就是花楓重新開始到保健室上學。從學校返家之後，會積極閱讀函授制高中的簡介手冊，此外就是開始練習上網或是寫電子郵件。

在週三得心應手地考完大學入學測驗過來的麻衣，以及一起來玩的和香也陪著花楓練習。

「這是不久前買的，但是沒在用，花楓拿去用吧。」

麻衣甚至從家裡拿來可以連接無線網路的筆記型電腦……還附上外接滑鼠。

網路與電子郵件是花楓國中時代遭到霸凌以及引發思春期症候群的原因，所以她剛開始一副提心吊膽的樣子。連坐到暖桌上的筆電前面都要花兩三分鐘，碰觸滑鼠與鍵盤的手也在害怕。

不過受到麻衣與和香的鼓勵，和兩人互傳好幾封電子郵件之後，花楓解除緊張，指尖也不再顫抖。不只如此，每次寄信給麻衣與和香並且收到回信時，她的表情也很溫和，逐漸露出笑容。

只有咲太一個人被晾在旁邊。不過，想到至今的每一天，花楓如今不必透過咲太就能和麻衣與和香交談或是互傳電子郵件，咲太不禁感觸良多，這樣的時間只讓令咲太會心一笑。

說來遺憾，咲太被花楓說：「哥哥，你笑嘻嘻的好奇怪。」被和香說：「不准想色色的事。」還差點在暖桌裡面被踹。但咲太當然預先察覺到，躲開了和香這一腳。

麻衣默默地捏咲太的大腿，咲太當然是當成獎賞感恩地收下。

無論如何，花楓成功接觸網路與電子郵件，算是前進了一大步。在資訊科技已經理所當然融入生活，甚至覺得「ＩＴ」這個詞已經過時的現代社會，今後要一直和網路環境保持距離生活，老實說是一件難事。這是遲早得克服的問題，最重要的是，為了就讀函授制高中，基於學校的性質，這是絕對無法迴避的路。

所以花楓和麻衣或和香互傳郵件，並且以此為開端，主動上網看函授制高中的網站，咲太認為這真的是很好的走向。花楓看過簡介之後，積極地調查中意的高中，試著自行找出適合自己的學校。

花楓像這樣變得積極，也多虧了廣川卯月。演唱會結束，聽她娓娓道來之後，花楓也有了自己的想法吧。咲太也在聽卯月說明的時候察覺到一些事。

那天——二月二十一日星期六，咲太與花楓去看甜蜜子彈在辻堂的購物中心舉辦的演唱會，活動結束之後，和香介紹卯月給兩人認識。

四人一會合，卯月就充滿活力地說：「先換地方吧！」帶著咲太他們前往位於購物中心正面的站前圓環，一般車輛可以進入的車道。

「啊，有了有了，是那輛。」

卯月留下不明就裡的咲太與花楓，跑向深藍色廂型車，打開副駕駛座的車門，迅速上車。

「上車，上車！」

她搖下車窗，充滿活力地招手。

咲太與花楓先是轉頭相視，旁邊的和香拉開後車門，就這麼上車坐在第三排座位。這麼一來，也只能上車了。

咲太先讓花楓上車，然後與她並肩坐在第二排座位。

「繫好安全帶喔。」

在駕駛座提醒的是看起來三十歲左右，給人親切印象的女性。及肩頭髮染成比較明亮的顏色，單寧褲加連帽上衣的輕便服裝。

女性從後照鏡確認所有人繫好安全帶之後，說聲「出發嘍」讓車子起步。她到底是誰呢？

「那個……」

咲太想詢問駕駛的女性身分。

「重新自我介紹，我是廣川卯月。」

不過，被從副駕駛座轉身的卯月打斷了。卯月從駕駛座與副駕駛座的縫隙扭身探過來，朝咲太伸出手。看來是要求握手。

不理她的話終究很失禮。

「我是梓川咲太。」

所以咲太自報姓名，握住卯月的手。接著，卯月另一隻手也伸了過來，雙手穩穩地握住咲太的手。

「請多指教！」

卯月充滿精神地說，就這麼握著手大幅上下搖動兩次。

「……請多指教。」

咲太回應之後，她笑盈盈地放開手。

「我是廣川卯月。」

接著，她朝花楓伸出手。

「啊，呃，您好……我是梓川花楓。」

想回應握手的花楓戰戰兢兢地從大腿上舉起手。卯月上半身探得更接近，抓住她的手，以雙手包覆之後，同樣上下搖動兩次。

「請多指教！」

「請……請多指教。」

花楓完全不知所措，受到震懾。

聽她在演唱會時的ＭＣ就有這種感覺，她拿捏和他人之間距離的方式略為特別，感覺從一開始就莫名接近。

習慣先盡量保持距離的花楓和她完全相反，所以花楓當然會不知所措。

而且，還以為握個手就會結束，但卯月依然握著花楓的手。

「唔～～」

她來回看著咲太與花楓，發出思索的聲音。

「你們都姓梓川，所以我就叫哥哥『梓川』，叫妹妹『花楓』喔。我跟和香同年，和哥哥是同輩，所以不必用敬語吧？你們要怎麼叫我？」

接著，她連珠炮般滔滔不絕這麼說。

擅自推動話題前進。

第三排的座位傳來和香像是傻眼又像是疲憊的嘆息，大概是「受不了，又開始了」的感覺吧。或許是覺得明明演唱會剛結束，這個人卻依然充滿活力。

「那……那個……」

被卯月目不轉睛盯著看的花楓求助般看向咲太。

「我就正常叫妳『廣川小姐』吧。」

「我會叫您『卯月小姐』。」

花楓接在咲太後面輕聲說。卯月對此發出「咦～～」的不滿聲音。

「叫我『月月』也行啊。」

「我在心中就是這麼叫的。」

咲太說出實話之後，卯月放聲笑了。

「這樣真棒！那麼，『小香』也是？」

這是和香的綽號。

「當然。」

「不准這樣叫！」

和香從後面座位大喊。轉身一看，坐在第三排座位正中央的和香不滿地看著咲太。

「我說啊，豐濱……」

「幹嘛？」

「內褲，走光了。」

「！」

和香發出無聲的哀號。

短裙加靴子的造型。她一上車就脫掉外衣，所以看得見膝蓋以上裸露的大腿，以及深處不同於裙子黑色的水藍色。

「啊，真的耶。」

卯月打趣般笑了。

「不准看！」

「卯月，妳也是從剛才就被看光光了喔。」

駕駛的女性提醒卯月。

「穿這種迷你裙，腿不要打開。」

「可是，沒踩穩就不能轉身啊。」

「我的意思是妳差不多該轉回正前方了，不然很危險。」

遇到紅燈停車的時候，駕駛座的女性抓住卯月頸子，讓她在副駕駛座上坐好。

後照鏡映出和香脫下羽絨大衣蓋在大腿上，她的視線狠狠刺在咲太的後腦杓。內褲走光應該不是咲太的錯，不過和香的視線說是他的錯。一旁的花楓默默表達抗議的意思，駕駛座的女性則享受著車內籠罩神祕沉默的氣氛。

「對了，廣川小姐……」

車子再度起步的時候，咲太若無其事般開口。老是被「內褲是否走光」的氣氛牽著走也很荒唐。

「什麼事～～？」

卯月在副駕駛座以誇張的語氣詢問。

「我想說一件重要的事情。」

「咦？突然表白嗎？」

「請問這位姊姊是哪位？」

咲太將卯月的天大誤會當成耳邊風，視線移向卯月身旁。坐在駕駛座的女性從剛才就保持行車安全開著車。

「媽，妳是『姊姊』耶！」

卯月拍了拍駕駛座女性的肩膀。

「別這樣，很危險。我叫妳住手啊！」

車子過彎的時候，女性輕戳消遣她的卯月額頭。然後，她笑咪咪地透過後照鏡打招呼。

「我是卯月的母親。」

由於視線對上，咲太便點頭致意。看起來不像有個高中生女兒的年紀。

「順便請教一下，您幾歲？」

咲太脫口說出這個單純的疑問。

「看起來幾歲？」

「啊，那我不問了。」

這句麻煩的回應令咲太很乾脆地打退堂鼓。

「卯月是我十八歲時生的孩子。」

這位母親愉快地笑著告知。換句話說，是三十五歲左右。頭髮、服裝加上平易近人的態度，使她看起來比實際年齡年輕。不過就某方面來說，也可以理解她為何有個高中女兒……

「不是想問學校之類的事情嗎？」

大概是在意話題遲遲沒進展，母親朝車內這麼說。

「對喔。花楓，儘管問吧。」

卯月再度轉身，要將身體探到後座。但這次中途就被母親抓住，發出「啊～～」的怪聲被拉回副駕駛座。

「乖乖坐好。妳是小孩子嗎？」

「是小孩子啊！」

這對母女感情真好。在離開父母居住的咲太與花楓眼中，這單純是一幅耀眼的光景。

「……」

花楓不發一語看著兩人的背影，大概正和咲太想著同樣的事吧。

花楓因為遭受霸凌，引發思春期症候群，不只如此，還因為解離性障礙而失憶。接連降臨的難題，使得咲太與花楓的母親失去身為母親的自信。在那之後就難以住在一起，這個狀態也延續至今。

花楓認為這是自己的錯。

「花楓，想問什麼就問吧。」

咲太重新振作，催促花楓。

「啊，唔，嗯……可是……」

「我猜妳大概認為廣川小姐和妳完全不一樣……不過在這個世上，沒有任何人是一模一樣的，別在意。」

「這位哥哥，你說得真讚！」

「請……請問……卯月小姐……」

花楓一度要說出口，但是路口轉彎過來的車子按喇叭，打斷花楓的聲音。

話雖如此，車上的咲太、和香、卯月與卯月的母親都沒有反問花楓，只是靜心等待花楓再度開口。

「請……請問，卯月小姐，當時為什麼會想讀現在的學校？」

車子開到海邊的沿岸道路時，花楓將問題說完。車子疾馳在１３４號國道往鎌倉方向。

卯月沒立刻回答，發出「唔～～」的聲音，思考如何回答。

車子開到下一個紅綠燈的時候，她說出一個疑問。

「……因為媽媽找到了？」

聽起來像是在自問。

「不要用疑問回答問題。」

駕駛座的母親一針見血地指摘。

「咦～～可是，這是真的啊。我完全不上學之後，是媽媽說：『別念現在那間，去這間吧。』拿學校簡介給我。啊，你們知道我上過全日制高中嗎？」

「只知道妳在學校簡介的訪問提到的部分。」

咲太與美和子參加學校說明會時，卯月出現在他們收看的宣傳影片當中。她說無法融入前一所學校的朋友圈，上學變得無聊而逐漸疏遠。應該不是像花楓那樣被曾經是朋友的對象以電子郵件或簡訊酸言酸語，是更消極的失和。

「但我也不是從高中才請假不上學。國中念到一半……開始從事偶像活動之後，就因為要上課排練，時間上完全無法配合大家一起玩。」

「拒絕幾次出遊的邀約之後，就完全不會被邀了。女生都這樣。」

和香以過來人的語氣同意。

「對，就是這樣！」

咲太聽著卯月的反應，轉頭瞥向肩頭後方，視線只在瞬間與和香對上，但她立刻移開視線。

咲太聽說過就讀千金學校的和香也沒融入班級，她的學校生活應該過得不太快樂吧。即使如此，和香還是繼續待在那個學校，以她的狀況來說，是因為母親這麼希望。無論母親有什麼願望，只要能夠實現，和香就想實現。明明反抗母親，現在也離家出走住進麻衣家，但她本質上還是喜歡母親。

「我本來想說上高中之後要和大家好好相處……不過暑假結束，第二學期開始沒多久，我就不敢上學了。因為大家暑假期間好像也一起玩，我完全跟不上話題。」

卯月語氣開朗，說得也很灑脫，不過從字裡行間感覺得到她對於不敢上學的自己感到愧疚，而且參雜著想要掩飾過去的虛假苦笑。

「剛開始，我只打算偷懶一天。可是，第二天也請假，隔天也待在家裡……然後，就沒有然

後了。」

卯月像是想起什麼般停頓，看向車窗外。右前方看得見江之島，逐漸西下的太陽將天空染成橙色，彷彿可以用在明信片上的如畫風景。

看著這樣的她，咲太自然而然開口。

「在這個時候，請問伯母是怎麼想的？」

這個問題應該問得很突然。即使如此，卯月的母親也沒有為難的樣子。

「老實說，我不知道該怎麼辦。」

她打趣地說完一笑，從後照鏡朝咲太一瞥。

「在那個時候，雖然我當母親已經當了十五六年，但是女兒拒絕上學還是我第一次遇到。我不知道該對她說什麼，找人諮詢也只得到空泛的建議……我不知道能為我家的卯月做什麼，真的很頭痛，不知如何是好，幫不了多大的忙。說不定她認為我沒資格當母親。」

「不會那麼認為的。」

咲太比任何人都先回答。

如果自己的母親沒發生那種事，咲太或許至今也認為父母是萬能的，或許會一直誤以為父母能解決兒女的任何煩惱或問題。

正如卯月的母親所說，即使為人父母的資歷和兒女年齡一樣久，第一次遭遇的事態也不計其數。如同孩子成長，父母也是逐一克服這些關卡，漸漸成為稱職的父母。由丈夫成為父親，由妻子成為母親。

其中也會發生不順心的事，即使是父母也有做不到的事。咲太透過自己的父母明白這個道理。無從應付的不講理會降臨在孩子身上，同樣的，無從應付的不合理也會降臨在父母身上。

「對我來說，妳沒叫我上學，我就輕鬆得不得了了。妳大概連一次都沒說過。」

「因為我也不是勤快上學的類型。別看我這樣，我以前很皮的。」

「您放心，就我看來是這樣沒錯。」

咲太老實地說出感想。

「咲太真是個有趣的孩子。」

卯月的母親笑了，然後回到剛才的氣氛繼續說：

「不過，哎，也對。雖然覺得不想上學就不用去，相對的，身為母親還是希望妳高中能畢業。我和那口子都不執著於學歷，但也沒辦法一輩子都當偶像過活吧。」

「我可以啦！」

卯月朝駕駛座探出上半身。

「總歸來說，這就是天下父母心喔。」

卯月的母親一邊說「這樣很危險」一邊粗魯地按著卯月的臉把她推回去。愈看愈覺得母女倆

的感情真的很好。

「和香的媽媽也是這樣喔。」

話鋒突然轉到自己身上，和香發出「喔……」這聲像是回應也像是附和的嘆息。

「偶爾會回家嗎？」

「過年姑且有回去。因為她一直傳簡訊叫我回去，煩死了。」

「妳知道她也有來看今天的演唱會嗎？」

「我在台上看見了。」

和香的語氣聽起來沒能率直地表達喜悅。不過，她承認自己有發現母親當時在場。聚集的觀眾大約三百人。要從中找出特定的某人，應該沒那麼簡單。即使如此，和香還是發現了母親，應該是認為母親一定會來看而特地找的吧。正因為察覺自己這麼難伺候，和香才會一臉有點鬧彆扭的表情，遮掩內心的害羞……

「話說，不要聊我啦。咲太，你也看前面啦，前面。」

繼續離題也不太對，所以咲太乖乖轉回前方。

「回到剛才的話題。如果是卯月想去的學校，我就希望她去。所以我調查函授制、定時制，甚至是海外的學校……拿了好幾本學校簡介手冊給卯月。」

卯月的母親說著打右邊的方向燈。對向車流中斷時，打方向盤開進沿海的停車場。總覺得曾經看過這個停車場。

「再來就你們好好聊吧。我在那邊的咖啡廳等。」

停好車之後，卯月的母親拉起手煞車，迅速下車。所以「這個地方有點……」這句話來不及說出口。

咲太不得已，開車門出去。花楓、和香與卯月也下車了。

「偏偏選這裡啊……」

面海的寬敞停車場，咲太熟悉的場所。這也是當然的，因為這是峰原高中前方的停車場。

在淡季的現在，只有幾輛車各自間隔十公尺左右零星停放，空蕩蕩的。

「不愧是月月，不懂得看氣氛的偶像。」

「咦？哪裡不妙嗎？」

卯月以溫吞的聲音詢問。因為不知道，才會發生這種不幸吧。

「我有說過吧！」

「說什麼？」

和香緊貼到愣住的卯月身旁，在她耳際講幾句悄悄話之後，她「啊～～！」地大喊。

走在數公尺前方的情侶一副嚇一跳的樣子看過來。花楓也受驚而躲到咲太身後。

「花楓，對不起！」

卯月「啪」地合起雙手，膜拜似的低頭。

「對不起，真的對不起。啊～～我媽已經在店裡了啦……」

「沒……沒關係。我只是有點嚇到……打擊沒想像的大。而且……」

躲在咲太身後的花楓重新面向大海的方向。從峰原高中的教室也能清楚看見的海——七里濱的海。

「我也一直想來這片海。」

「真的嗎？那要不要下去沙灘？」

「好……好的。我想去。」

「走吧，走吧！」

恢復活力的卯月帶頭走下階梯。她身旁的和香代替花楓繼續抱怨。

「和香，別在意喔！」

「妳應該是被講的那一邊！」

咲太與花楓看著兩人的背影，也一起下階梯走向沙灘。

「花楓，真的沒問題嗎？」

「我說想來海邊是真的喔。我一直想來。」

咲太擔心地問完，花楓稍微加重語氣表達自己的意志。

「這樣啊。那就好。」

咲太將視線移回正前方，隨即看見靴子後跟陷入沙子裡，正在苦戰的和香與卯月的背影。

「別摔倒喔。」

咲太姑且出聲提醒。

「沒～～問～～題～～！」

「這種程度，很輕鬆的。」

只覺得根本是裝出來的充滿活力的回應。真的沒問題嗎？

「啊，慘了！」

在咲太懷疑的瞬間，卯月失去平衡。情急之下，她抓住和香的手臂想重新站好，不過反倒是和香沒踩穩，兩人當場跌個四腳朝天。

「不准拖我下水啦！」

「成員不是應該同生共死嗎？」

不知道戳到哪個笑點，卯月哈哈大笑。

「一點都不好笑！」

全身細沙的和香氣沖沖的。

「我啊，在現在的學校過得很快樂喔。」

卯月就這麼坐在沙灘上，轉頭看向花楓。真的笑得好開心。雖然完全沒有前言，不過應該是在繼續剛才的話題吧。

「剛開始啊～～老實說，我完全沒意願……和媽媽去說明會的時候也不情不願。因為我對函授制高中沒什麼好印象。」

卯月一臉像在懷念自己昔日的幼稚般笑了。感覺會說出「當時還真年輕啊」這種話。

「當時還真年輕啊～～」

真的說了。

「不過，大家不都是這樣嗎？」

和香同意卯月所說的年輕。

「妳說的『這樣』是哪樣？」

咲太一問，和香就狠狠瞪過來。她以恐怖的眼神警告：「明知故問。」

「聽到函授制或定時制這種字眼，還是會有戒心。」

即使如此，和香還是好好說出自己的認知。

花楓就這麼默默點頭，一副「我就是在意社會的這種目光」的表情。因為現今時代的「氣氛」就是這麼說的。即使是被朋友說「不懂得看氣氛」的卯月都感覺得到，所以這種「大家」的意識確實存在。

名為「偏見」的意識與情感在人們打造的氣氛當中生根。

「普通」或是「一般」這種占多數的群體，常常認為凡事都是自己這邊比較正確，想要這麼認為。畢竟這樣心情上比較輕鬆，下意識瞧不起普通以外的族群，認定自己處於安全圈而感到放心，藉以安心。

沒人察覺自己瞧不起別人，也不在乎這種偏見正在傷害別人，因為大家都這樣。

「直到自己就讀之前，我都沒自覺喔。不過，隨著這件事逐漸成真，就莫名覺得像是做了虧心事，不太想被別人知道，也不方便找人商量。」

「但是不必每天去學校，我覺得棒透了。」

咲太脫口說出自己的想法。

「每天能去學校的人不可以說這種話。」

卯月筆直指過來，像是警告犯規的運動選手的裁判。

因為講話方式很親切，不容易這麼覺得，不過咲太看到卯月現在的反應，體會到她同樣是拒絕上學的過來人，只在一瞬間感受到不太能以開玩笑帶過的氣氛。

「原來如此。或許吧。」

所以，咲太老實地讓步。

「不過，能像大哥這樣想，是一件美妙的事。」

從卯月笑咪咪的表情已經看不見剛才瞬間露出的情感波動。或許在卯月心中，這是已經妥協的情感。

「以我的狀況，去過學校說明會的影響很大。去過之後，我對函授制高中的印象變了。」

「我懂，我當時也是這樣。不誇張，我對學校本身的想法或許也變了。」

「啊～～對喔，是這部分。」

有所改變的也包括對全日制高中的印象。

「我啊，一直以為學校是在既定時間、既定場所，聚集既定成員上既定課程的地方。因為既定，所以覺得一定要這樣才行。」

「……不是嗎？」

聽不懂卯月這番話的花楓歪過腦袋。

「也不能說不是啦……不過，我們沒質疑過全日制學校的這種做法吧？大家在那裡都過得很正常，所以覺得無法過得正常的自己不對，即使被壓得喘不過氣。」

注視卯月的花楓像是和這樣的心情同步，緊握交疊的雙手。就咲太看來，卯月也同樣忍受著窒息感。

「不過，和媽媽去聽的學校說明會說我可以不必這麼做，全日制學校不是唯一的正確解答。不是自己配合學校的做法，而是找到能配合自己做法的學校，由自己選擇並且做決定。只是

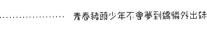

啊～～我當時覺得他們終究講得太美好了。」

「我當時也這麼覺得。」

「雖然這麼覺得，但也確實感覺是否做得到端看我自己。因為，如果可以在喜歡的時間，在喜歡的場所念書，就不必為了偶像工作請假，我覺得這樣超讚的！」

「因為每次請假，在班上就會愈來愈不自在。」

大概是已經灰心了，和香這番話隱含真實的感受。

「那麼，妳是聽過說明會才決定入學嗎？」

咲太催促卯月說下去，卯月像是稍做思考般閉口。應該是在尋找自己心中正確的感受，尋找想傳達給花楓的話語。

「我想我應該是在回程的車上下定決心的。雖然覺得還不錯，但還僅止於『可是，函授制啊～～』的想法。後來，媽媽對我說：『我懷妳的時候，周圍的大家都反對我生喔。』雖然不是連續劇，不過真的像是『小孩要養小孩啊～～』的感覺。」

即使本來是可喜可賀的事，不過光是前面加上「十幾歲」三個字，聽起來給人的印象就差很多。這應該是事實。社會的看法當然會改變。像卯月的母親這樣無法誠心祝福的例子應該存在吧，或許反倒是這種例子占多數。

無論是十幾歲還是更大的年齡層，都有人能成為稱職的母親，也有人做不到，並不是只以年齡區分這兩者。就如同對函授制高中的印象，世上所有事物都會被先入為主、墨守成規的觀念或社會的氣氛干擾，導致難以看清本質。

「不過，廣川小姐好好將孩子養育長大了。是這樣嗎？」

咲太做個總結，卯月回應：「嗯。」大大地點頭。

「雖然大家反對，但媽媽生下我，養育我到今天耶～想到這裡，我就在意起『大家』的定義了。我擺出正經的表情，問了媽媽一個問題：『大家是哪些人？』」

「妳的母親怎麼回答？」

和香問完，卯月的嘴角在回答之前就笑了。

「她說：『妳的幸福不是由大家決定，是由妳決定。』」

「這位母親超MAN的。」

「真的，太帥了吧。」

卯月的母親剛才在車上說女兒拒絕上學那時候，不知道該對女兒說些什麼。但是，她說出如此重要的話語。正因為年紀輕輕，十八歲就生下卯月，為人母到現在，所以這番話具備說服力，咲太感覺話中的情感滲入內心深處。

「好羨慕卯月有這樣的媽媽，感情還這麼好。」

和香輕聲說。

「是嗎？和香的母親有高貴的感覺，不是也很棒嗎？哪像我媽，直到我念小學都還染金髮耶。教學觀摩的時候也是穿運動服加涼鞋過來，我超丟臉的。」

「啊～～這我應該會討厭。」

和香很乾脆地收回前言。

「對吧？而且廚藝也超爛的～～」

「講這種話沒關係嗎？」

咲太一指摘，卯月就猛然轉向他。

「幫我對媽媽保密！不然會沒飯吃！」

卯月一臉正經地封口。看樣子，她可能曾經抱怨過，而且真的被處罰沒飯吃。

「不過既然這樣，兜了一大圈到最後，妳想上現在這所學校，都是多虧妳母親嗎？」

和香像是要拉回正題，看向卯月。

「和香，也多虧妳。」

卯月轉向旁邊，正面接下和香的視線。

「啥？」

大概是出乎預料，和香驚聲一喊。

「多虧『甜蜜子彈』的所有成員。因為我拒絕上學的時候，妳們也陪著我。還有，也多虧了所有粉絲。」

卯月轉回正前方，眺望遠方的海面，像是讓思緒飛向不在這裡的大家。

「雖然和之前學校的大家處不好，不過我知道我還有團員，有粉絲，有媽媽……想到這樣的大家還可能存在於其他地方，我就想去現在的學校看看。嗯，肯定是這樣。」

卯月大概是在看水平線吧。從一般人的視線高度計算，距離大約四公里，意外地近。從坐在沙灘上的卯月視線高度計算，應該是三公里左右，感覺徒步就能走到的距離。不過，咲太認為這種程度剛剛好，因為追尋看不見的目標很辛苦，總之先跑到看得見的地方就好，只努力抵達下一根電線桿也好。因為只要反覆這麼做，即使是看不見的水平線另一側，應該也遲早能抵達吧。

卯月接受自己的話語，結束這個話題，但在沒人說話之後，她對坐在身旁的和香咬耳朵。

「花楓問我的事情，我這樣回答沒錯嗎？」

因為就在身邊，即使輕聲細語，咲太與花楓也都清楚聽到了。

「妳的回答超過一百分。」

咲太直接說出感想，花楓也點頭附和。

「真的？這種事我不太懂，所以不對的話要明講喔。如果想問其他問題也可以儘管問。」

「……那麼，我可以再問一個問題就好嗎？」

「要問幾個都可以喔。」

「卯月小姐，請問……就讀之前那所學校的自己，以及就讀現在這所學校的自己，妳喜歡哪一種自己？」

花楓以有點緊張的表情說出這個問題。

花楓應該是希望卯月說她喜歡「現在」的自己，認為卯月會這樣回答。然而，咲太認為卯月會背叛這份期待，不過是正面意義的背叛。

「兩種都一樣喜歡喔。」

卯月毫不猶豫，看著花楓的雙眼明確回答。

「因為，有之前的我才有現在的我。」

這番話令花楓嘴巴張成「啊」的形狀。看起來像是愣住，不過是花楓自己發現了某個道理的表情。證據就是她閉上嘴之後，嘴角露出認同般的笑容。

「這樣啊，說的也是。」

「嗯，就是這樣。」

「那個……謝謝您。」

花楓低頭致意。

「不用客氣！因為我說了這麼多，也覺得好像更懂我自己了。我也要謝謝妳！」

卯月向花楓伸出手。花楓略感困惑，但還是在今天第二次跟卯月握了手。

後來，眾人前往卯月的母親等待的停車場咖啡廳，一邊喝熱飲一邊聽卯月說明自己現在就讀的學校。

卯月以手機播放影片課程，還展示每天早上用聊天室開班會的紀錄。除此之外，還有各社團透過聊天室進行的互動，也介紹學生自己製作的社團招生宣傳短片。

這都是在卯月手中的智慧型手機裡的景色。即使如此，也確實感受到了進行活動的學生們的體溫。

手心裡的學校。那裡確實有老師，有學生，老師和學生交談，學生之間也正常交流。那裡有朋友。

學生們打造的氣氛和全日制學校沒什麼太大的差別。至少咲太是這麼感覺的。

單純只是物理層面不在相同的空間。仔細想想，在網路如此普及的社會，這應該不是什麼稀奇事。

不過，若是聽人說高中生活就在裡面，就會有種要提高警覺的感覺。大概是眾人打造的「氣氛」不知不覺間植入這種常識吧。

咲太當然不認為所有函授制學校都和卯月給他看的一樣。不過，卯月就讀的「學校」是咲太知道的「學校」，在那裡就讀的學生們的氣氛說明正是如此。

「今後如果維持現狀，因為少子化，學校也會愈來愈少喔。這麼一來，聽說學校太遠不方便就讀的孩子也會增加……所以，在卯月或大家的小孩長到高中生這麼大的時代，用智慧型手機或電腦上課或許會變得理所當然。」

卯月的母親這麼說。

「所以，我認為我正在念未來的學校。」

卯月接在母親後面這麼說，露出有點調皮的笑容，看起來也有點引以為傲。

包含卯月的這份活力，這一天的對話對花楓來說應該意義深遠，會將某些東西傳達到她的內心吧。

所以，在二月只剩兩天的這週邁向尾聲……二十七日星期五這一天。

「哥哥。」

「嗯？」

「我想去這所學校的說明會。」

咲太剛洗完澡出來，花楓就遞出一本手冊。是咲太與美和子之前參加說明會的那所學校，也就是卯月就讀的函授制高中。

「下次說明會是什麼時候，我再問友部小姐吧。」

「我看過學校網站，上面說三月的每週日都會辦。」

花楓特地從暖桌上拿筆電過來讓咲太看。確實，三月預定的說明會是一日、八日、十五日、二十二日……連續舉辦下去。

「網路真方便啊。」

「嗯。」

「不過，後天三月一日是畢業典禮……接下來的八日可以嗎？」

「一日是麻衣小姐的畢業典禮，所以我不會要求那天去。」

花楓鼓起臉頰表示她好歹知道這種事。

「八日，我要預約哥哥喔！」

不過，她立刻以心情甚好的態度這麼說。咲太回應：「知道了，知道了。」從冰箱拿出運動飲料喝。

2

隔天，二月最後一天的二十八日星期六，咲太從上午就被花楓催促，一起前往藤澤站。

「哥哥，快點！琴兒說不定已經到了。」

花楓說的「琴兒」是鹿野琴美，花楓住在橫濱市時的朋友。兩人住在同一棟公寓，是還沒懂事就玩在一起的兒時玩伴。明明叫琴美，花楓卻叫她「琴兒」，是小時候沒能好好唸出全名的痕跡。琴美現在也是稱呼花楓為「楓兒」。

琴美暑假也來玩過一次，當時是以「想到的話就聯絡我」這種感覺在紙條寫上電子郵件網址給花楓。昨天晚上，花楓主動寄電子郵件到這個信箱，兩人似乎是郵件傳著傳著就討論好今天琴美要來家裡玩。

咲太得知的時候覺得有點突然。不過……

「咲太，今天沒事吧？」

「沒事。」

「那麼，來約會吧。」

咲太自己和麻衣也是以這種感覺決定行程，所以這種事或許意外地都是如此吧。咲太這麼解釋。

一抵達藤澤站，咲太與花楓就前往ＪＲ驗票閘口。此時，電車好像剛到，人們接連出站。

「啊，琴兒，看見了。琴兒！」

先察覺到的花楓揮手呼喚。

琴美也看見咲太與花楓，跑了過來。她就這麼來到花楓面前，和花楓伸手相握。

「楓兒，兩個月不見了。」

兩人相互分享喜悅。

「嗯，謝謝妳願意來。」

「我隨時都會來喔。收到妳的信，我超開心的。」

看琴美的眼睛就知道她沒說謊。大概是現在也回想起那一瞬間的事，眼角淚光閃爍。

琴美也知道花楓在之前就讀的國中遭受霸凌，琴美至今也在那所國中。

那個時候因為不同班，完全幫不上忙。琴美為這段往事懊悔不已。

而且加上解離性障礙的問題，所以咲太他們沒有在事前告知，就搬離了以前的住所。

對琴美來說，失落感應該很強烈吧。

正因為是這樣的琴美，她對能像這樣再見到花楓，也能以電子郵件往來由衷感到高興。

花楓也被這份情感引得微微噙淚。

在前一所學校，花楓沒能和班上同學好好相處，卻有琴美這樣建立友誼的對象。花楓有朋友，有人願意喜歡花楓。

雖然絕不會慶幸遭到霸凌，但咲太認為這個經驗教會花楓得知誰才是自己重要的人。所以花楓和麻衣、和香練習寄電子郵件之後，第一個聯絡的就是琴美。因為想見她，而且琴美也有相同

的想法。

「也謝謝大哥來接我。」

琴美從眼鏡夾縫輕輕拭去眼角的淚水，微微鞠躬。

「別客氣。我只是想去超市買米跟醬油回家。」

「好的。我會好好幫忙拿的。」

雖然只是半開玩笑，正經的琴美充滿幹勁地回應。

三人各提一個購物袋回家一看，客廳的時鐘指針指向十一點十分。咲太先帶琴美到客廳，暫時只端出茶水招待。

換好居家服之後，咲太站在廚房開始準備午餐。馬鈴薯、紅蘿蔔、洋蔥……準備咖哩與燉湯二選一的材料時，看著這一幕的琴美說：「我來幫忙。」

「妳是客人，不用啦。」

「我來幫忙。」

咲太繼續說之前，琴美已經仔細地洗手了。她難得拿出幹勁，也沒理由拒絕。

咲太請她削皮。

這麼一來，平常不下廚的花楓也不能袖手旁觀，抱持學校家政實習課的心情做咖哩。

最後完成的咖哩配料大小形狀都不一樣，口感富含多變性。因為沒時間慢慢燉煮，咖哩醬很稀。不過說來神奇，味道不差。

「楓兒，好好吃耶。」

「嗯，好好吃。」

花楓與琴美都對自己做的咖哩心滿意足。

「不過好像稍微做太多了……」

琴美擔心地轉身看的爐子上有個高桶鍋坐鎮在那裡。

「就算早中晚都吃，也有三天分吧。」

「雖然好吃，不過可能吃不了這麼多。」

剛才連呼好吃的花楓表情一沉。

「找麻衣小姐與豐濱來吃就沒問題吧。」

只要說「花楓做了咖哩」，她們一定會很樂意來吃。麻衣大概會責備：「你該不會拿花楓當藉口吧。」但是包括這一點在內，對咲太來說反倒是一石二鳥，甚至三鳥。這麼一來，明天畢業典禮之後肯定要舉辦咖哩派對了。

琴美加入的午餐吃完之後，咲太包下收拾的工作。咲太洗餐具的時候，花楓與琴美和樂融融地坐進暖桌看筆電。

從斷續聽到的對話內容，可以知道她們在聊高中的事。花楓打開先前感興趣的函授制高中網站給琴美看。

剛開始，花楓明顯在意琴美的反應，不過琴美驚聲說「這間學校好厲害，原來可以學到這麼廣泛的東西啊」之後，花楓就變得比較健談，對琴美說明至今調查到的內容或是從廣川卯月那裡聽到的事情。

「真的好厲害耶。」

「對吧。除此之外，還可以學各種事情。」

「不，我是說妳好厲害。」

「咦？」

「我沒辦法像這樣自己好好調查，好好選擇高中。因為我是聽老師說『以現在的成績，妳在這個區間』就決定了。妳好自立。」

像這樣被稱讚的花楓不好意思般低下頭。不過，從廚房都看得見她似乎很開心。

咲太覺得琴美在今天這個時間點來玩，真是太好了。花楓的心態變得積極，琴美又順風推了她一把。

餐具清洗完畢之後，咲太暫時回房，再度換衣服。接下來下午三點要打工。

出門前到客廳一看，花楓與琴美依然兩人和樂地並肩坐在暖桌，也和剛才一樣一起看筆電畫面。不過，她們現在看的是山羊怪叫的影片，或是無論如何都想坐在液晶電視上面的貓咪影片。

看來琴美在告訴花楓現在流行的事物。

「還有，這個也很流行。」

琴美說著搜尋，開啟另一個影片分享網站的頁面。

咲太從兩人身後窺探，看見上傳者姓名欄位寫著「霧島透子」。

「霧島透子？」

花楓就這麼唸出名字。

「嗯。影片很漂亮，歌也很棒。」

琴美點播放鍵之後，隨著幻想般的影像，喇叭播放出動人心弦的歌聲。

不是麻衣之前播給咲太看的影像與樂曲。看到琴美知道這件事，咲太心不在焉地想：「這真的在流行耶。」

「我要去打工了。」

接著，他從後方對兩人說。

「啊，好的，路上小心。」

琴美先轉過身。

「鹿野小妹，要在天黑之前回去喔。」

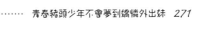

「我也是這麼預定的。」

「哥哥，路上小心。」

在鞠躬的琴美與輕輕揮手的花楓目送之下，咲太離開客廳。但他在玄關穿鞋的時候，電話響了。是家裡的電話。

咲太不得已，回到客廳。此時，他發現花楓已經鑽出暖桌站在電話前面，從隔著一步的微妙位置注視螢幕。

上面顯示的是看過的號碼。

「這是……美和子老師？」

花楓抬頭向咲太確認。

「沒錯。」

咲太一邊回應，一邊朝話筒伸出手。

「我可以接嗎？」

不過，花楓在他拿起話筒前這麼問。

「只要不是麻衣小姐打來的電話，妳隨時都可以接喔。」

咲太說完從話筒收手，退後一步，空出電話前面的位置給花楓。換花楓站到電話前面，「呼」地吐一口氣之後拿起話筒。

「您……您好，這裡是梓川家。」

大概是緊張，第一聲破音了。不過，她重新振作。

「對，我是花楓。哥哥在……不過因為是美和子老師的號碼，我想接接看……是。」

花楓確實聽著美和子說的內容進行對話。

「是……是……」

咲太聽不到美和子的聲音，不知道兩人在說什麼。

「咦?合格？」

所以花楓這聲驚呼對咲太來說很突然，待在暖桌裡看著花楓的琴美也一樣吧。琴美和咲太視線相對，說著：「什麼事啊？」歪過腦袋。

不過，花楓剛才應該說了「合格」。

究竟是什麼合格……

究竟是誰合格……

咲太一頭霧水，完全猜不透。

花楓之後也說著「好的……好的……」附和美和子的話，只不過看起來不是很專心，一副心不在焉的樣子。

「楓兒……？」

琴美擔心地從後方叫她。

「花楓？」

咲太也叫了她一聲。

「老師要我拿給哥哥聽。」

花楓隨即將話筒遞給咲太。

這麼一來，與其問花楓，不如直接問美和子比較快。

「我是咲太。友部小姐？」

『啊，咲太。剛才說的……你聽不懂吧？』

看來她從咲太第一句話隱含的疑問就猜到大概了。

「完全不懂。」

『我先說結論喔。』

「好的。」

『花楓她考上峰原高中了。』

「……」

『合格了。』

「啊？」

停頓片刻之後，咲太發出脫線的聲音。

美和子剛才說了什麼？

花楓合格了。

考上峰原高中了……

「為什麼？」

咲太就這麼將內心浮現的疑問投向美和子。

『沒為什麼，就是峰原高中沒收滿學生，所以遞補上去了。』

「不是說過錄取率可能很低嗎？」

即使錄取率比猜想的高，考生人數感覺也不會低於招生人數。咲太之前聽美和子這麼說過。

因為藝人「櫻島麻衣」就讀這所學校，所以在某個圈子很有名……

『實際上，最初的報考人數是招生人數的兩倍以上。』

「那為什麼？」

『知道即使報考也有一半考不上之後，接連有人變更志願。人數史無前例……這麼一來，絕對考不上……類似這種煽動不安的情報透過社群網站在考生之間傳開。』

「……原來如此。」

總歸來說，「不改志願就糟了」這種氣氛蔓延，折騰原本就覺得不安的考生……大概是這麼

回事吧。

『總之，無論詳情是什麼，花楓她考上峰原高中了。』

「好的。」

『領取通知書需要准考證。她還留著嗎？』

「得問她確認才知道。」

咲太最後一次看見准考證是在考試當天，他代替身體不適的花楓，將私人物品收進包包的那時候。

『還要辦一些手續，所以決定之後可以早點聯絡我嗎？』

「好的，我會和花楓談談。」

『拜託了。再聯絡吧。』

「好的。」

『啊，對了。』

「什麼事？」

『恭喜合格了。』

「考試的人不是我啊。」

『我剛才對花楓說過了。』

美和子留下這句話之後掛斷電話。

耳邊留著美和子的話語，「恭喜合格了」的溫柔聲音。聽別人對自家人說「恭喜」是陌生的經驗，咲太感覺有點不可思議。不過，因為不是在說自己，「恭喜」這兩個字更讓咲太心懷感謝。

原來也有這種說話方式。咲太抱著學到好東西的心情，放下話筒。

朝房間內側緩緩轉身。

然後，他和花楓視線相對。咲太還沒說些什麼，花楓的眼神就強烈訴說了。光是這樣，花楓的意願就傳達過來了。

不必化為言語，咲太也知道花楓想怎麼做。

即使如此，花楓還是看著咲太的雙眼開口：

「哥哥，我——」

這句話的後續完全符合咲太腦中的想像。

3

因為出門時接電話而耽誤到離家時間的咲太早早就放棄趕時間，先打電話聯絡打工的連鎖餐廳，向店長說明原委，請求晚一小時上班。處理好之後，咲太打電話給父親。

花楓的意願很明確，但這攸關她的將來，所以也和父親商量一下比較好。父親應該也希望咲太找他商量這件事。

父親立刻接聽咲太的電話。

『是遞補錄取的事嗎？』

而且咲太還沒說明用意，父親就先這麼問了。

他應該比咲太關心花楓的考試，所以逐一確認過縣立高中入學測驗的相關情報了吧。

「友部小姐通知說因為還要辦手續，希望早點回覆。」

『這件事，我本來就想在今晚聯絡了。』

「明天能過來嗎？」

『知道了。傍晚我去你媽的醫院之後就去你那裡。』

「那就先告知友部小姐，我們明天討論之後，週一給她回覆。」

『嗯。這部分可以交給你聯絡嗎？』

「她剛才就提到決定之後再聯絡她。」

『知道了。拜託你了。』

父親的音量稍微降低。不是因為訊號不佳，是故意的，所以咲太猜測父親現在應該還在母親住的醫院。

母親罹患精神疾病，是花楓以霸凌為開端發生各種事的時期。父親降低音量也在所難免。

「那麼，明天見。」

咲太認為細節等明天討論就好，只說完用意就掛斷電話。

後來，咲太按照自己對父親所說的回電給美和子，說好等到明天和父親商量出結論，週一再和她聯絡。

就這樣，整個聯絡過程結束之後，時間是下午三點半。

打工時間已經改成四點，現在立刻出門有點早。所以咲太決定將琴美帶來的餅乾配茶吃完再出門。

「感謝招待。那麼，我真的要去打工了。」

咲太喝光茶，鑽出暖桌。

「啊，既然這樣，我也一起走。」

此時，琴美也站了起來。

「媽媽叮嚀過，別給你們造成太多困擾。」

「明明一點都不困擾……」

花楓似乎有點依依不捨。

雖然這麼說，但琴美住在橫濱市郊。從藤澤站到橫濱站的距離，搭東海道線約二十分鐘，但她住在必須轉乘的內陸地區，所以實際上要花費一小時左右，要回家也不輕鬆。

「下次來的時候住一晚吧。」

花楓大概也接受咲太的提議，對琴美說：「我再寫信給妳。」

在花楓的目送之下，咲太和琴美一起出門。

兩人走向藤澤站。太陽即將西下的四點前。如果是一週前，到了這個時間，夜晚的寒意就會開始露臉，不過今天隱約感受得到陽光的溫暖。

明天是三月一日，可不能以為永遠都是冬天。

走到大馬路時，遇到紅燈停下腳步。

「楓兒好厲害耶。」

琴美看著紅綠燈，突然這麼說。

「厲害？」

「也可以說成熟。」

「成熟……？」

咲太愈來愈聽不懂，露骨地歪過腦袋。

「她自己選擇學校。剛才也是。」

「啊～～妳說峰原高中那件事啊。」

咲太總算聽懂琴美想說什麼了。

在那之後，花楓對咲太清楚表明想法。

——哥哥，我不去峰原高中。我要自己找我想讀的學校。

「我想如果我站在楓兒的立場，我還是會說我想上全日制學校。」

「因為認為和大家一樣比較好？」

「是的。」

「哎，以花楓的狀況，也包括命運的巧合喔。」

湊巧找得到人詢問函授制高中的事，這個人是廣川卯月也是一大因素，卯月的母親應該也是同樣重要的因素。

「不過，說的也是。雖然包括命運的巧合，但還是很了不起吧。」

「這句話請對楓兒說喔，她絕對會很高興。」

「才不要。她會得意忘形。」

「那就由我轉達吧。」

看向琴美，她的手握著智慧型手機，以輕快的指尖動作迅速操作。

「我寄電子郵件過去了。」

她在咲太阻止之前這麼說。

「啊，已經回信了喔。」

「她怎麼說？」

琴美看向畫面，輕聲一笑。

「她說『講這種話的哥哥可能是假的』。」

琴美一邊唸出內文，一邊拿手機畫面給咲太看。

「花楓講話也稍微變風趣了嗎？」

或許花楓在這一點也有所成長，變成熟了。

綠燈亮起，咲太和琴美一起踏出腳步。

通往車站的剩餘路程，咲太聊著自己打工的事。琴美好像也想在升上高中之後打工。她基本上活潑聰明，無論是哪種打工，一定都能俐落地勝任吧。

抵達車站之後，咲太送琴美到驗票閘口。

琴美客氣地鞠躬道別，拿ＩＣ卡感應進站。接著，她轉身看向咲太。

「春假的時候，我會過來住喔！」

她說完笑著揮手。

咲太微微舉手回應，琴美隨即以輕快的腳步跑下通往月臺的階梯。

等到完全看不見她的身影，咲太也走向打工的連鎖餐廳。

「這是會惹麻衣小姐生氣的狀況嗎……」

讓妹妹的朋友住家裡，究竟可不可行……這部分的基準線在哪裡，咲太還抓不準。

由於今天的班獲准延後一小時，咲太工作得稍微比平常認真。座位空出來就率先收拾餐具，一有客人要結帳，就向店長說「啊，我來」去站收銀檯。

像這樣忙碌一段時間之後，店內的空位開始明顯變多。下午茶時間結束，晚餐時間前的清閒時段。

「梓川，趁現在休息吧。」

咲太擦完空桌時，店長對他這麼說。

「我都晚一小時了，可以嗎？」

「可以啊，因為國見已經來了。啊，不過只有三十分鐘喔。畢竟快到人多的時段了。」

「啊～～好的。」

既然店長准了，咲太決定乖乖休息。

咲太從外場走進餐廳裡頭，倒一杯店員用的飲料。

「咲太。」

此時，後面有人叫他。無須轉身確認也知道對方是國見佑真。

「怎麼了？」

「轉過來。」

「什麼事啊？」

咲太不得已只好轉身一看，只見佑真以托盤端著一份巧克力聖代。

「要請我吃嗎？那還不如請我漢堡排。」

「六號桌來了可愛的客人。」

佑真這麼說，同時把巧克力聖代連同托盤塞給咲太。

「是麻衣小姐嗎？」

即使咲太反問，佑真也只說「去了就知道」。點餐鈴聲響起，佑真以爽朗的聲音說「馬上過去」走向外場。

如果是麻衣，佑真應該不會形容為「可愛」。因為「漂亮」或「美麗」比較適合麻衣。

總不能就這麼端著聖代杵在原地，咲太內心納悶「會是誰啊」，晚一步走到外場。

在佑真指定的桌位等待咲太的是一名身穿國中制服的少女。她獨自坐在四人桌的座位。

察覺咲太前來，她頓時露出笑容。

「啊，咲太先生！」

開朗的聲音響遍外場。

位於那裡的是牧之原翔子。

首先，咲太將巧克力聖代擺在翔子面前。

「為您送上巧克力聖代。」

「哇！」

翔子眼神閃亮，咲太先坐在她的正對面。

「怎麼了？」

「啊，借用您的時間沒關係嗎？」

翔子的視線從聖代移向咲太。

「我現在正要休息。」

「對不起，借用您的休息時間。」

不過，翔子的眼睛從剛才就不時在意地瞥向巧克力聖代。

「可以一邊吃一邊說喔。」

「那麼，我開動了。」

翔子拿著湯匙舀起頂層的鮮奶油與巧克力冰淇淋，送到口中，一臉幸福地綻放笑容。不管從哪裡怎麼看都是健康寶寶。翔子接受心臟移植手術之後，千真萬確成為健康的身體。

「身體狀況看起來也不錯。」

「因為開刀已經是一年前的事了。」

翔子輕哼一聲，神氣地挺胸。

「這是託麻衣小姐的福。因為有那部電影。」

「畢竟迴響很熱烈啊。」

麻衣還是國中生的時候主演的作品。即將停止演藝活動之前在全國上映的那部電影，轉眼之間以「感人熱淚」為話題創下票房佳績。

麻衣主演的女主角是罹患先天性心臟病，沒接受移植手術的話只能再活幾個月的國中少女。翔子就是罹患這種疾病。

「醫生說電影上映之後，捐贈者一下子增加了。」

「真是太好了。」

「當時麻衣小姐記得我嗎？」

「不，全忘了。她和我一樣，是新年參拜那天回程途中……在七里濱海岸遇見妳的時候才想起來的。」

「那麼，麻衣小姐為什麼會接那個角色呢？重來之前，麻衣小姐演的是另一部電影吧？」

這部電影也很紅，不過是恐怖電影。

「她說當時看到那個角色，心想無論如何都要演。雖然不知道原因……卻強烈感覺到非演不可。」

即使不說出來，翔子應該也知道原因。因為咲太也知道。

「我也一樣，在忘記的時候，依然只留下某種模糊的感覺。覺得好像忘記什麼重要的事，非得做點什麼。」

以咲太的狀況，他腳踏實地頻頻捐款，宣洩這股類似焦慮的奇特心情。雖然不記得是從什麼時候以何種契機開始，不過只要看到有人募款，就會把當時手邊的零錢全捐出去。咲太不知何時對自己訂下這個奇怪的守則。他沒想過停止這麼做，至今依然以自己的意願持續著。

咲太不認為一次捐幾百圓救得了誰，也不是想要立刻拯救身邊的誰。不過，這樣聚沙成塔也可以拯救某人。

正在咲太面前笑咪咪地吃著聖代的翔子就是最好的證明。咲太想拯救的翔子的生命，基於登錄捐贈者的某人的善意而連結到未來。

「所以，今天怎麼了？」

翔子連忙放開含在嘴裡的湯匙。

「咲太先生，您知道這個嗎？」

翔子說著從包包取出智慧型手機，畫面朝向咲太。上面播放的是曾經看過的音樂影片。以「霧島透子」這個名字上傳的影片。

「今天，我妹的朋友有聊到這個。」

「咲太先生真是了不起。」

「哪裡了不起？」

「受到命運的寵愛。」

「被那種莫名其妙的東西寵愛也沒用啊。」

既然要被寵愛，咲太想被柔軟又溫暖的東西寵愛。

「不過，這部影片怎麼了？」

很難想像翔子講這個只是在閒話家常。

「我有點在意某件事。」

翔子語氣一如往常，表情卻暗藏嚴肅之色。

「在意？」

咲太不明就裡，歪過腦袋反問。

「我……全部記得。」

「……」

「和咲太先生或麻衣小姐不一樣，只有我一直記得。先經歷過未來的好幾個『我』……這些記憶，我現在也記得。」

其中應該包括移植咲太心臟的「翔子小姐」的記憶、移植麻衣心臟的「翔子小姐」的記憶吧。不只如此，現在的翔子應該也擁有咲太不知道的其他未來的記憶。

「嗯，這我知道。」

「可是，沒出現。」

「『沒出現』的意思是……」

「『我』所看過好幾個版本的未來記憶裡，沒有霧島透子小姐的影片。」

「……」

咲太沒能立刻反應。不是因為翔子愈說愈嚴肅的表情令他分心，而是他需要一些時間將翔子的話語轉換成自己的感覺。

「原來如此，是這麼一回事啊……」

「就是這麼一回事。」

咲太終於知道翔子完全沒加入玩笑話的理由。翔子以「翔子小姐」的身分經歷的所有未來，都沒有出現霧島透子的影片。嚴格來說或許存在，但是這部上傳的影片像現在這樣流行的未來不存在。「未曾有的事情」存在於現在這個世界，換句話說……

「妳擔心自己做過的事情或許像是蝴蝶效應那樣，改變了未來的世界是吧？」

「我認為咲太先生在這方面也是共犯。」

翔子將聖代剩下的最後一口送入口中，然後終於打趣般笑了。

「不過，這種事情不是妳要擔心的喔。」

「您的意思是說，即使我現在說的都是真的……某處某人的人生因而改變，也是這個人自己的問題，是嗎？」

翔子露出孩童惡作劇成功的表情，說出這個很像咲太會說的回答。帶著稚氣的這張表情是「翔子小姐」經常做出的表情。

「沒錯。我的親切沒有多到可以擔心素昧平生的某處的某人。」

「看到募款活動就把手邊零錢全捐出去的咲太先生，下意識的親切程度應該很夠了。」

「當時我只想得到這個方法救妳。」

之所以持續到現在，算是對翔子的得救報恩。報恩對象不是特定的某人，是存在於這個世界

的下意識的善意。

「反正沒人因而變得不幸，所以別管了。哎，如果有人因為未來改變得到好處，希望可以分我一點就是了。」

至少「霧島透子」的走紅算是得到好處。

對於咲太開的玩笑，翔子只是微微一笑。

「比起擔心別人，妳更應該做另一件事吧？」

這件事才是重點。

非常重要的事。

只有翔子做得到的事。

咲太筆直地注視翔子表達心情，翔子溫柔地微笑——早已知曉的表情。

「要包括至今生病的分，好好歌頌人生對吧？」

「就是這麼回事。」

「我有好好歌頌喔。今天也吃了一直想吃的巧克力聖代。」

「好小的幸福啊。」

「能將小小的幸福當成幸福，其實是最幸福的事喔。」

翔子模仿「翔子小姐」的語氣說完，露出得意的笑容。

「這麼說來，確實是這樣沒錯。」

咲太接受翔子這番話，同時看向店內時鐘。休息時間剩下五分鐘。

「要說的都說完了嗎？」

聊到這裡，終究沒有其他事情要說了吧。

「不，其實還有一件事。」

不過，翔子這麼回應。

「這件事才是今天過來的真正原因。」

翔子有些為難地看向咲太，大概是難以啟齒的事吧。翔子後續的話語讓咲太得知原因。

「我要搬家了。」

這句話不必花時間理解，因為是非常單純的事……

「什麼時候？搬去哪裡？」

所以咲太很自然地沒什麼停頓就反問。

「明天上午十點搭機到沖繩。」

「還真趕啊。」

對咲太來說是如此，對翔子來說或許不是。

「住在暖和的地方，身體的負擔比較輕。」

看著翔子平穩的表情就覺得確實如此。

「學校呢？」

「國中的課當然還要上……不過三月要用來適應那裡，春天再復學。」

「這樣啊。」

「看來麻衣小姐確實幫我保密了。」

「咦？」

「上週，我已經先寫信告訴麻衣小姐了。」

「原來如此。」

「我拜託麻衣小姐好好照顧您。」

「麻衣小姐有回信嗎？」

「今天收到了。」

翔子從包包取出天藍色的信封。

從咲太看來，兩人是初戀情人與現任情人的組合。她們究竟聊了什麼？咲太想知道又不想知道……心情好複雜。

「信裡寫了什麼？」

即使如此，沒問清楚就道別也會放不下心，所以咲太這麼問。

「她說等我穩定之後，會和您一起來找我玩。」

「這樣啊。」

「是的。」

「沖繩嗎……真好。」

「習慣那邊的生活之後，我也會寫信給您。」

「等妳來信，也要寄沖繩的照片給我喔。」

「好的。我會寄火辣泳裝照。」

「妳要寄這種照片，再等個三年左右吧。」

「那我就等吧。我會寄那種會讓您和麻衣小姐撕破臉的照片。」

「我拭目以待。」

「好的。」

翔子溫柔地露出甜美的微笑，耀眼的笑容。咲太將這張笑臉確實烙印在記憶裡。

沖繩只是這個國家的一個地區，搭飛機一飛就到，比起前往過去或未來算不了什麼。

即使如此，還是會暫時看不見翔子的笑容……

老實說，咲太會覺得寂寞。當然會寂寞。不過，咲太沒說出「我會寂寞」這種話。克服疾病恢復健康的翔子有今後的人生要過，搬家是其中一步。所以……

「牧之原小妹。」

「嗯？」

「祝妳一路順風。」

咲太抱持應援的心情，伸出右手。

「我出發了。」

翔子的小手緊緊握住這隻手回應。

4

飛機橫越清澈的藍天。

在海面上方無限延伸的天空。

比水平線還遙遠的空中。

從這裡眺望，就像是紙飛機般無聲飛翔。

站在七里濱沙灘的咲太只聽得見浪花與海風的聲音。

「牧之原她……大概到沖繩了。」

昨天來連鎖餐廳見面的翔子說班機在上午十點起飛。咲太沒手錶，不知道正確的時間，不過從飢餓程度推測，應該快要下午一點了。

今天，咲太同樣在飛機起飛的上午十點參加峰原高中的畢業典禮，以在校生身分送三年級學生畢業。

畢業典禮順利進行，大致按照預定時間結束。十二點前結束。

後來在下令解散之前，有一段絮絮叨叨的時間，班導終於宣布解散的時候是十二點半。

走出學校的咲太沒有立刻回家，而是來到此處，七里濱的海岸。

並不是要沉浸於畢業典禮的餘韻或感傷。咲太還有一年的高中生活，對學校生活也沒什麼足以沉浸於感傷的特別回憶。目前是如此……

對於麻衣畢業，他也不覺得寂寞。頂多只在今早冒出「今天是最後一次看見麻衣小姐穿制服嗎～～」的想法。

之所以來到海邊是因為今早一起上學時，麻衣在車上說：「結束之後，在海邊等我。」

麻衣還沒來。

等待的時候，剛才的飛機愈來愈小，載著某些人飛向天空的另一頭。

明明翔子不是搭那架飛機，咲太卻目送到機尾雲完全消失。

看不見飛機之後，由右到左環視七里濱的海。

初遇翔子的海。

不過，那個時候是「翔子小姐」……

再過幾年，「牧之原小妹」就會和咲太初次遇見時的「翔子小姐」同年。只要等待，總有一天會重逢。

對此，咲太不知為何覺得有趣，自然地笑了。

有趣、快樂，心情真的變得好溫暖。

即使是難以置信的各種體驗，咲太覺得到那個時候肯定也能相互當成懷念的回憶，笑著說出口。若是這樣的未來，真令人期待。

咲太思考這種事的時候，後方傳來踩踏沙灘的腳步聲。

剛開始，咲太期待是麻衣。不過聲音比較輕，感覺步伐莫名地小。對此感到疑惑的瞬間，面向大海的咲太視野一角映出小小的人影。

揹著書包的小女孩從咲太身旁經過，紅色的圍巾隨風飄揚……

她走到海岸線，在即將被海浪拍溼的位置停下腳步。

滑順及肩的美麗黑髮，背上的書包還很新，看不見損傷或髒汙。

大概是六七歲的小女孩。

隱約窺見的側臉，咲太似曾相識。和小時候以童星身分活躍的麻衣一模一樣。

而且認知到這一點的瞬間，咲太的身體被異樣感襲擊，被既視感囚禁。

咲太以前經歷過類似的狀況。

不，正確來說，形容為「在夢裡見過」才對。

不過，這裡不是夢中的世界。

是現實。

那麼，這是怎麼回事？

疑問逐漸填滿腦海。

「麻衣小姐……？」

咲太為了尋求解答，喚出這個名字。

小女孩搖晃長髮轉身。

表情有點警戒。即使如此，當她英氣煥發的雙眼映出咲太的身影，就以純真的聲音問：

「叔叔，你是誰？」

這句話也和夢裡看過的一模一樣。

後記

新展開開始了。

動畫化起跑了。

如果各位願意等待續集與續報，將是我的榮幸。

撰寫本書時，爽快地配合取材的N高中的學生與各位相關人士，謹致上我最深的謝意。

溝口ケージ老師、編輯部的荒木大人、藤原大人、黑川大人、黑崎大人，這次也備受各位的關照。

希望能在接下來的第九集再見到各位。

鴨志田一

國家圖書館出版品預行編目資料

青春豬頭少年不會夢到嬌憐外出妹 / 鴨志田一作；
哈泥蛙譯. -- 初版. -- 臺北市：臺灣角川, 2018.11
面；　公分

譯自：青春ブタ野郎はおでかけシスターの夢を見ない
ISBN 978-957-564-588-5(平裝)

861.57　　107016097

Kadokawa
Fantastic
Novels

青春豬頭少年不會夢到嬌憐外出妹

（原著名：青春ブタ野郎はおでかけシスターの夢を見ない）

２０１８年11月７日　初版第１刷發行
２０２４年３月22日　初版第14刷發行

作者：鴨志田一
插畫：溝口ケージ
日版設計：木村デザイン・ラボ
譯者：哈泥蛙

發行人：台灣角川股份有限公司
總監：呂慧君
總編輯：蔡佩芬
主編：林秀儒
編輯：孫千棻
設計指導：陳晞叡
美術設計：吳佳昀
印務：李明修（主任）、張加恩（主任）、張凱棋

發行所：台灣角川股份有限公司
地址：１０４台北市中山區松江路２２３號３樓
電話：（02）2515-3000
傳真：（02）2515-0033
網址：www.kadokawa.com.tw
劃撥帳戶：台灣角川股份有限公司
劃撥帳號：19487412
法律顧問：有澤法律事務所
製版：尚騰印刷事業有限公司
ＩＳＢＮ：978-957-564-588-5